*La vie rêvée
de Mademoiselle S.*

© Éditions Sarbacane, 2007

Tous droits de reproduction, de traduction et d'adaptation
réservés pour tous les pays. Toute représentation ou reproduction, intégrale ou
partielle, faite par quelque procédé que ce soit sans l'autorisation écrite
de l'auteur ou de ses ayants cause, est illicite.

ISBN : 978-2-84865-191-0

SAMIRA EL AYACHI

La vie rêvée de Mademoiselle S.

ÉDITIONS
SARBACANE

35, rue d'Hauteville, PARIS X^e
2007

www.exprim-forum.com

Bande-son

- MIG, *Antipodes*
- Émilie Simon, *Fleur de saison*
- Rachid Taha, *Écoute-moi camarade*
- Nitin Sawhney, *Nadia*
- IAM, *Demain, c'est loin*
- Joey Starr, *Carnival*
- MAP, *Lillo*
- Didier Super, *Rêve d'un monde*
- Spleen, *Kalimbatastic*
- Yassine Rami, *Étranger*
- Les Négresses Vertes, *Sous le soleil de Bodega*
- DJ Krush, *Candle Chant (a tribute)*
- Axiom, *Lille, Ma Médina*
- Abd Al Malik, *Gibraltar*
- Magyd Cherfi, *Ma place… (et ce qui va avec)*
- Rabih Abou Khalil, *Remember… The Desert*

À Flora,

Voici l'histoire de Mylle S, une jeune adolescente qui j'en suis sûre te ressemble un peu....

Belle lecture & ne perds pas de vue tes rêves en les grandissant...

Jean-Roc S.

Montreuil, 01/12/07

1

– Mademoiselle Aït... Aït... Bensalem ?

Une voix perçante vient me débusquer au fond de mes pensées... Je sursaute.

– Oui ? C'est moi, madame...

– Si vous voulez bien me suivre...

Merde, c'est mon tour. Je me lève et tente d'ajuster discrètement ma chemise sur les petites vagues de graisse qui dansent sur mes hanches. Je sens les regards sur mon corps maladroit dans le hall bondé. *Keep cool*, Salima. OK. J'assure. Jusque-là, j'ai tout fait comme ils disent dans les livres SOS de développement personnel pour minables au bord du gouffre : « Comment réussir ses entretiens d'embauche ? », « Comment être au meilleur du maximum ? »...

Respirer calmement. Bomber le torse. Rentrer le ventre. Et casse-toi pas la gueule du haut de tes talons aiguilles de onze centimètres dans le couloir. J'entre dans une chambre froide. Un immense bureau dans lequel règne un froid de connard. Pas une miette à terre. Pas une trace de vie bactérienne. On se croirait dans un bloc opératoire.

– Bonjour !

Je me retrouve face à une paire de grosses lunettes rondes. Il me faut quelques secondes pour réaliser que celle-ci est installée sur le nez d'un petit monsieur assis au fond d'un immense siège en cuir. Le p'tit vieux ne sait pas que j'existe. Pas un regard pour mon beau chemisier.

La secrétaire referme la porte en affichant ce sourire imbécile scotché sur les lèvres depuis ce matin 9 h 10. Faudra qu'elle me donne la recette.

– Vous m'appelez quand vous avez terminé, monsieur Gnagnagna... ?

Et l'autre monsieur Gnagnagna de hocher la tête.

– Hum hum, il marmonne, la tête plongée dans des dossiers A4 à petits carreaux blancs et verts.

« On dirait qu'il va recruter le prochain ministre de la défense des chauves, l'autre », je me dis en pouffant de rire – à l'intérieur.

– Alors... Mademoiselle...

Il me tend la main sans même me regarder...

Je sens que ça va faire mal...

– Salima Aïte... Aa-ïte ben...

– Aït Bensalem, oui, c'est bien cela, Aït Bensalem, je réponds en souriant un peu et en continuant de serrer les abdos façon ventre plat pour que ma chemise ait l'air impec.

Il me regarde à ce moment précis :

– Bien. Excusez la prononciation. Bon. Asseyez-vous, asseyez-vous. Nous avons du retard, donc nous irons vite…

– Très bien monsieur.

– Alors… vous avez de l'expérience dans le domaine ?

– Oh oui monsieur, en effet. Je suis issue d'une famille nombreuse, et on peut dire que je connais bien le ménage !

– Hum hum, il bredouille encore, en se grattant le coin de la moustache, les yeux plongés dans le CV. Mais encore…

– Voilà, je suis à la recherche d'un emploi stable… et j'aime beaucoup le ménage. Je fais beaucoup de sport aussi…

(Là, je ne sais plus quoi dire d'autre.)

– Et vous avez ?

– Dix-huit ans, voilà, dix-huit ans. Tout juste.

– Vous venez de terminer vos études ?

– Non… Je suis au lycée, en terminale littéraire.

– Très bien. C'est un Contrat à Durée Déterminée de deux mois, un 12 heures hebdomadaire avec quelques missions supplémentaires si nous sommes satisfaits. Salaire calculé sur la base du SMIC horaire selon la convention Nanana.

Sans s'en douter, il me fait rêver celui-là. De quoi m'acheter des tas de trucs. Passer le permis. Acheter un *Levi's*. Payer le pèlerinage à la Mecque aux parents…

– Vous démarrez à 5 heures du matin, hein, faut le savoir…

– Oui-oui, acquiescé-je.

– Aucune expérience, donc ?

Je sens que je me grille, alors je tente la phrase fatale :
– Certes, non... mais j'apprends très vite, vous savez.
Il me regarde enfin. Oui, j'existe. Je bats des cils, rougis un peu et lui souris bêtement. Comme s'il était maître de mon destin et qu'il pouvait à cet instant précis faire basculer ma vie tout entière.
– Bon, très bien. Vous avez des questions ?
Pas le temps de répondre, il enchaîne :
– Vous ne souhaitez pas finir vos études ?
Euh... je ne m'attendais pas à celle-là. Bien sûr que je veux finir mes études, j'ai envie de lui dire. Tu crois que je m'éclate à faire mes devoirs pour finir dans le ménage ? Je veux juste savoir combien je vaux sur le souk du travail. Gagner un peu d'argent de poche...
– Non, monsieur, je souhaite arrêter.
Je lui raconte des salades pour aller dans son sens.
Il reste perplexe...
– Bon, euh... nous vous donnerons une réponse très vite, il conclut en se levant et en dégainant sa poignée plus vite que son ombre, histoire de me dire poliment de me casser.
Je continue de faire la conne :
– Très bien, monsieur. Et... je suis véhiculée et disponible de suite, j'ajoute, en pensant au scooter de mon cousin Mourad.
– Merci, très bien, c'est noté, voilà, au revoir !
– Au revoir.

Ouf. Je souffle et relâche enfin mon gros ventre, qui ne tenait plus dans ma chemise *Morgan* trop serrée.

J'emprunte le couloir en sens inverse. J'aperçois, au bout, la secrétaire-fayotte affichant cet irréductible sourire de co-conne fière de l'être :

– Merci mademoiselle, à bientôt.

La porte s'ouvre. J'ai besoin d'air… vite. Je m'engouffre à l'extérieur.

2

J'm'appelle Salima Aït Bensalem. Brune. Cheveux noirs. 1m 66 à peine. Fille d'immigrés marocains venus en France dans les années 70 avec une valise emplie de couches-culottes, la bouche pleine de salive et de bave d'espoir. La peur et la faim au ventre. Faim de jours paisibles passés dans l'amour, la liberté, l'égalité et la fraternité. Mes fesses. Débarqués ici pour dégotter le rêve américain, z'ont subi le rêve mesquin. Du haut de la tour 77 du quartier de la Croisette, au sud de Lille. Vue sur les tours 67, 68, 79... du même quartier. Accrochés là-haut au niveau des étoiles, on a tous perdu la tête.

À force d'être le nez dans le ciel, on finit par oublier de descendre sur le bitume et de goûter avec sa langue l'acidité de la terre ferme. Réalité, ma sœur. Parce que ici, là, en bas... c'est l'arnaque. Moi, je me suis fait croire que j'y arriverais. Que je m'en sortirais. Que je serais quelqu'un qui réussirait sa vie. Tout le monde y croit autour de moi.

Tout le monde me regarde avec les yeux écarquillés et pleins de respect. Les trois quarts de l'existence sont faits de rêves. L'autre minuscule quart, de désillusions et de temps gaspillé à comprendre pourquoi donc on a rêvé de ce dont on a rêvé. Ma vie je la voyais en grande pompe, façon Hollywood…

Il me manque une vie entière pour rattraper ce que je ne sais pas faire. Dire. Écrire. Pour utiliser les bons mots du bon dictionnaire. Conclure avec les formules de politesse qui claquent. Celles qui tombent à pic et te clouent le bec illico. Avec la tonalité correcte. J'ai une sorte de complexe qui me colle à la peau. M'empêche de bosser, d'avancer et de dire *Je vous emmerde*.

Du coup je m'écrase. Je m'écrase. Parce que j'ai l'impression que c'est peine perdue, quelque part dans un tiroir fermé à clef, jetée dans le trou noir de l'univers.

3

– Oh là, on se calme, j'ai pas terminé ! J'attends vos fiches de lecture pour la semaine prochaine.

Trop tard, la sonnerie vient de retentir. La prof a beau hurler, rien n'y fait : ses cris ne percent pas le brouhaha. La moitié de la classe est déjà dans la cour en train de se bécoter. Pas moi.

Sagement assise, j'acquiesce bêtement.

Elle est là, elle me regarde et compte sur moi. Je ne peux faire autrement que de lui renvoyer l'image qu'elle souhaite que je lui donne. C'est ma responsabilité, sinon elle ne dormira pas ce soir. Elle se sentira triste.

– Vous inquiétez pas madame Élise, on la rendra à l'heure.

Elle me sourit et, ouf, à ce moment, une autre classe arrive. Je suis sauvée. Ces enfoirés de copains de classe. Ils vont les rendre fous, les profs. Déjà qu'à la récré, ils s'échangent des tubes d'antidépresseurs comme nous les carambars et les clopes… Ils pourraient au moins faire semblant d'être intéressés. Je prends mon sac et me tire avant qu'on ne me rattrape. Enfin dehors. Il a fait bon, ces derniers temps, mais ce jour-ci n'a pas bonne mine. Il pleure un peu, ce jour, se calme, puis souffle de l'air dans nos bronches, avant de repleurer de plus belle. Comme par hasard le jour où je sors mes nouvelles basquettes.

Je jette un œil à la montre : 17 h 14. Y en a marre de faire des heures sup. Enfin l'heure de rentrer à la case. Voilà, j'ai subi des cours dont je n'ai rien à faire. En attendant le bus, je me remémore la scène de ce matin. Monsieur Gnagnagna m'a envoyé une lettre. Ma mère m'a crié dans le couloir :

– *Ya* Salima !!! *Ya* Salima !! Y a li courrier, viens vite !

Elle m'a regardée avec les yeux ronds pendant que je lisais :

– *Eywa benti ?*

– Laisse tomber, *imma*...

– Allez, *mahlich, mahlich*... T'as pas bisoin du faire li minage, *mahboula* ! Ti auras ton poste *inchallah* de professour à la fac ma fille, *Allah y hahnik*.

Je secoue la tête, chasse le sale souvenir. Qu'ils aillent se faire voir, je me dis, en fourrant les mains dans les poches de mon blouson. J'aurais pu devenir la reine du coup de balai et du double kick catégorie plumeau. J'aurais pu leur prouver à tous que je suis capable de me salir les mains. J'aurais pu sentir le métal des piécettes dorées rouler contre mes jambes, en passant par les trous de mon survêt'. J'aurais pu me payer des trucs de filles. Ne plus avoir à faire les yeux doux au paternel quand il rentre de ses missions sur l'A1. C'est qu'il passe sa vie sur les autoroutes, mon père, à transporter des compotes de pommes et des boîtes de sardines à travers la France. Mais un jour, j'nous offrirai une retraite dorée à Bora Bora… J'me raconte des bobards en attendant monsieur l'autobus, qui tarde à venir. Lui aussi me pose un lapin ? Tant pis. Je marcherai un peu, je préfère prendre le métro plus bas et m'aérer la tête par la même occasion. Ouvrir les yeux sur le monde. Baptiser, comme ils disent, mes nouvelles godasses sur le bitume.

Effet d'optique troublant : ce matin, j'ai égaré ma paire de lunettes parmi les bouquins éparpillés dans ma chambre, alors je vois la vie lointaine un peu en double, ou trouble. J'aime à croire que c'est là son aspect le plus réel. Ainsi, il me semble que les gens marchent tout près de moi sans me voir. Je suis un corps transparent à travers lequel ils passent et repassent. Ils s'en vont deux par deux, main dans la main, yeux dans les yeux (comme si c'était possible), les amoureux pleins d'espoir. Pff… On dirait des pingouins. Ils ont juste l'air de rien. Bref, circulons, y a rien à voir.

Je continue mon chemin habituel, je regarde mon ventre qui s'agite. C'est sûrement le couscous de ce week-end. J'ai perdu un kilo, mais à côté des cinq qui me restent encore à évacuer, c'est la zone… J'essaye de faire des régimes qui me promettent un corps de rêve et le ciel à mes pieds. Je rêve, je rêve d'un prince qui m'emmènerait vers d'autres contrées inexplorées. Ou juste là, prendre un fish chez Mac Do. Je divague. Je me disperse. Besoin de m'évader.

Je marche encore. Je pense… à mon bien-aimé à la gomme. Le même depuis le collège, tu te rends compte, quatre ou cinq ans peut-être que je l'attends ! Je sais que je sais que c'est ridicule, que c'est peine perdue. Si ça se trouve, *il* n'existe pas et ne crèche qu'à l'ombre de mes rêves. Je continue d'y penser pour faire quelque chose de mon esprit qui s'ennuie et qui a besoin, pour survivre, de moments heureux à faire venir et repartir à l'infini, dans une sorte de valse incessante et autodestructrice. Et alors…

Et alors, putain. *Il* est là. Devant moi. Je rêve. Qui ça ? Ben, *lui*. T'es sûre ? Oui. Je reconnaîtrais entre mille *sa* silhouette noble et gracieuse. Quand il avance, on dirait qu'il marche sur des nuages. Moi, j'ai l'air d'un éléphant. Tu dis n'importe quoi. Peut-être bien. C'est à cause de sa beauté qui à chaque fois me piège dans ses filets tentaculaires, et alors je délire. Mais c'est lui. Je connais par cœur la forme diabolique de son visage d'ange : des traits fins et des mèches brunes qui tombent sur son front. Ils dissimulent l'éclat de ses yeux verts, j'aimerais parfois tailler cette mèche d'un coup de ciseaux pour mieux tomber dans sa gueule de loup. Enfin, je le sais. C'est *lui*.

Et alors ? Alors, c'est pas vrai, que quand je *le* vois j'ai la jambe qui tremble. Juste un peu le souffle coupé, le temps de réagir. C'est pas vrai, que quand je *l'*aperçois, je suis malheureuse, que je rêve d'être à *lui* et que je ne peux plus vivre sans son sourire. Ils sont pas justes mes calculs, je me suis trompée : quand le destin me pousserait sur son chemin, je ne serais en rien plus jolie, je n'aurais pas les cheveux plus clairs, un petit chat dans les bras et une taille de déesse. C'est pas vrai, tout ça. Et le reste… qu'il viendrait à moi, me regarderait, m'accompagnerait sur le quai du train ? Foutaises ! Qu'il laisserait traîner sa main sur la mienne, me bouffant la bouche des yeux… et crèverait de m'embrasser le coin de la lèvre avant de m'arracher le cœur, dedans la poitrine ?

Et alors quoi ? Il t'a embrassé la joue ? Tu as senti ses mains sur ta taille déformée ? Et alors quoi ? C'est vrai qu'il est beau comme un dieu. Oui. Il a de la classe, comme on dit, il en jette et j'en crève après lui. Et alors, et alors quoi ?

Et alors, il est passé près de moi sans me regarder, et moi j'ai avancé en me répétant *Il ne faut pas oublier de respirer sinon je peux mourir*. Et puis… c'est tout ? Oui. Rien d'autre ? Si. *Il* parlait en jetant son regard loin devant lui pour ne pas me voir… et il y avait aussi cette fille près de lui, qui l'écoutait tandis qu'il parlait.

Une fille ? Une blonde. Je les ai vus, ils sont complices. Il lui prend la main le soir en lui disant *Je t'aime* dans le creux de l'oreille, je le sais. J'ai tout vu et déjà tout oublié parce que là, j'ai les larmes aux yeux en marchant, titubant presque, vers les quais. Je déteste mes formes rondes, mon sac noir qui me crève l'épaule, ces poils noirs qui gisent sur mon menton et voilà que je me mets à penser à l'exam d'histoire, que je passe mardi. Il faut que j'assure, que j'aie une bonne note. Il faut que le prof me dise : Bravo, vous êtes le modèle de la classe, un jour vous serez comme moi, vieux, cultivé, con... et très seul. Et là, je me paie une grimpette de peur. Clair comme l'éclair : faut que je m'arrache de cette vie.

4

De fines gouttelettes de pluie ne tombent de nulle part. Un orage sublime. Envie terrible… de ne rien faire. Rien foutre. À part dormir, squatter devant la téloche. Un paquet de chips à la tomate posé sur les cuisses, dans lequel je laisse s'enfoncer mes mains gloutonnes. Pour bien s'enliser. Bien s'engraisser. Échanger des paroles vides par texto ou sur le Web avec les copines dans la même galère. Les mêmes délires et misères. Bref. Rien à se dire. Que dalle. Nul. Rien d'intéressant, de palpitant… de romanesque. C'est moche. À dix-huit ans… Paraît que je suis dans la pleine fleur de l'âge…

Quelques heures plus tard.
Toujours devant la téloche. Toujours cette même envie de rien foutre. Le temps s'est adouci, j'accueille l'éclaircie qui depuis la fenêtre m'envoie un sourire. J'attrape machinalement le téléphone. Compose, les yeux mi-clos, le numéro de ma copine Aïsha :

– Allô ?
– Ça va mamzelle ?
– Oué, et toi ?
– Qu'est-ce que tu fous ?
– Rien… à la case. Je regarde les clips… Et toi ?
– Pareil…
Silence. On éclate de rire.
– Ça craint… je lui dis. On se bouge ?
– Vas-y, on se retrouve comme d'hab'…

Je me lève d'un coup. M'arrache à mon fauteuil et me mets à quatre pattes pour retrouver ma basquette. Passe devant ma sœur, qui s'éclate les yeux devant le Web depuis ce matin.

– Eh, bouge un peu, va t'aérer au lieu de rester devant l'ordi…

Ma phrase lui fait l'effet d'une étoile filante qui passe dans le ciel pour se consumer aussitôt : ça fait joli, mais aucune efficacité. J'enfile mon blouson, une bise sur le front fatigué de ma mère. « *Ma, anni, jaya*, j'vais chez Aïsha. »

Passage éclair devant le miroir de la salle de bains. Un coup de brillant à lèvres, on ne sait jamais. Et je me jette dans les bras du vent en ouvrant la porte du bloc. Les voitures passent. Des gamins jouent à cache-cache. Des chiens errent sans maître. Chacun est livré à lui-même dans la jungle de la ville. J'avance, le nez dans mes basquettes.

– Salima !

Je me retourne en entendant cette voix familière. Ma

douce Aïsha. Elle a enfilé un jogging à la hâte et elle court à toute allure pour me rattraper. Elle sait que je suis souvent en retard, mais que ça ne m'empêche pas de détester attendre. Elle me connaît par cœur. Aïsha. Une jolie brune aux grands yeux marron. Ma fidèle compagne de galères.

– J'allais pas partir, je te rassure, je lui dis en la poussant un peu, pour rire.

Et de rire de nos vieux souvenirs.

On est là, à marcher côte à côte. À respirer le même air. À se le partager. On marche, mais au fond on aimerait crier. Courir. Faire la roue. Se dépasser. Les enfants ont cette énergie inépuisable qui nous manque à présent. Cette réserve de galipettes pleine de sourires et de fous rires. Sûr de sûr, l'inertie viendra à bout de nos rêves. De nos os. De nos nerfs. Alors, de temps en temps, pour ne pas oublier qu'on a un corps, on se trimballe dans la ville. J'aime quand on marche et qu'on s'arrête parfois pour ramasser des branches qui traînent çà et là. Ça rappelle quand on était mômes. Quand les mamans devaient laver le sol et qu'elles nous mettaient dehors pour faire le ménage à la case. On était trop heureux de pouvoir jouer tout l'aprèm à la « casserole », à se chercher et se trouver mille fois de suite sans jamais se demander à quoi ça sert ; se perdre et s'agripper et se bidonner sans s'arrêter. Se fourrer, au final, dans les mêmes cachettes à chaque fois, qui à chaque fois semblent pourtant nouvelles. Une capacité d'autorenouvellement imaginaire inépuisable. Un incroyable réflexe créatif.

Avec le temps, on devient bof.

C'est ce que je me dis en inspirant un grand bol d'air frais un peu pollué. Nous poursuivons notre randonnée urbaine. Deux aventurières à la recherche d'une rue perdue. D'un trottoir sans nom. À la recherche d'elles-mêmes et de leurs rêves paumés quelque part. Je suis sûre qu'on a dû les oublier un jour, comme ça, sur le terrain de jeux, alors qu'on se faisait une partie de « mappe » avec les gamins du quartier. Nos rêves, mon refrain favori. Je suis sûre que, si on cherche bien au fond de soi, on peut les retrouver. Faut fermer les yeux, remonter l'autoroute de sa vie en sens inverse. Bien se concentrer. Ne pas inverser les panneaux cause et conséquence. Et puis un jour, tu verras. Tu réussiras à te retrouver en tête à tête avec toi-même sur une aire de repos déserte. Faire le plein d'essence de son propre sang. Regonfler ses pneus d'un air familier. Qu'on aime à chanter. Qu'on connaît instinctivement.

— Salima, tu m'écoutes ?

Aïsha s'énerve un peu.

— Mais non, je suis d'accord, ils ont pas assuré les frères Tayeb. Ils auraient pu épargner ça à leur mère... ouais, t'as raison.

J'aime bien Aïsha. On n'a parfois rien à se dire, mais on aime bien rester là, à deux, à ne rien faire. Dire ce qui se dit. Raconter ce qui se raconte. Refaire le tour du monde. Le même tour du quartier de lune qui s'offre parfois à nos regards quand on traîne un peu trop tard le soir. Patienter et se donner à l'herbe fraîche en attendant peut-être une douce offrande de la vie. Quelque chose comme une rencontre ou un coup du destin. Quelque chose de surprenant, de fou, d'étonnant ! Une espèce de mouvement inattendu qui en entraînerait mille, secouant nos vies immobiles. Je sais pas… Une bourrasque, une soucoupe volante ou un bonhomme de neige en plein soleil ? Alors on attend. Rien en particulier. On attend le temps. On attend Godot… nous aussi.

Et puis, à la fin de notre randonnée, quand on sent que rien ne se passera ce jour, quand on a fait le tour de nos attentes et le tour de la question, alors on s'rentre. On n'a pas croisé Godot. On sait qu'il ne viendra jamais. Simplement, comme on est deux dans cette attente imbécile, alors on se sent mieux.

– Salut Princesse ! me lance Aïsha tout sourires, en s'éloignant.

Depuis douze ans, nos chemins se séparent au même endroit. Le croisement de la petite école et de la tour n°25. On connaît par cœur ce lieu de rendez-vous sacré.

– Ouais, salut et rentre bien… bonjour à ta mère.

Je tourne les talons et me fous les mains dans les poches, direction la case.

– Eh !

Je me retourne brusquement.

– Arrête un peu de délirer, Salima Aït Bensalem !…

J'éclate de rire. Elle me connaît vraiment par cœur, même si elle ne comprend pas tout de moi. Ce qu'elle appelle mes « délires ». Mes fantasmes. Ces grands points d'interrogation au-dessus de nos vies que j'aime à dessiner, effacer, redessiner... C'est la seule qui ne me demande rien. Jamais rien. Je crois qu'elle s'en fout et qu'elle m'aime comme je suis. On n'attend rien l'une de l'autre. Hé ! Si tout le monde était pareil, les hôpitaux psychiatriques ne seraient plus que des couloirs désertés depuis longtemps...

5

Driiiing… !
Pour la énième fois, la machine à extirper les dormeurs de leurs rêves gronde et me somme de me lever. Allez, soldat de mes fesses, le monde t'attend. Au garde-à-vous. Dehors, c'est la guerre ! Je lui jette un regard désespéré… accorde-moi un peu de répit, un tout petit peu, quelques minutes et puis c'est tout, le temps de finir mon rêve et de dire au revoir à mes chimères… Il me donne à voir, hautain, la position des aiguilles sur son corps rond : 7 h 30. Putain, je suis encore à la bourre ! C'est la course ce matin, comme souvent.
Vite, je rentre d'abord mes jambes endormies et les fourmis qui montent qui montent dans un jean encore un peu mouillé, ensuite mon buste et le reste dans un pull de laine qui traînait par là. J'attrape au vol mes basquettes et les enfile à l'arrache, je les lacerai plus tard, on s'en fiche. Une barre de calories dans la poche, et hop ! direction la guerre.

Oups, surtout ne pas oublier la carte de bus, le sac de cours. Surtout-surtout, éviter de réveiller ma sœurette au bois dormant, la maison sommeille encore.

Je cours, je vole dans le couloir et attrape la poignée, sur laquelle toute mon attention est concentrée. Un tour de clef vers la droite, un cliquetis de poignée et s'ouvre grande la porte... Dehors, la ville a déjà pris son petit déjeuner et le monde ordonné a commencé son tour de chant quotidien.

J'ai pris le bus n° 42, comme presque chaque matin. Comme presque chaque matin, je partage cette roulotte moderne avec les mêmes saltimbanques. Je reconnais madame After-Before. Là, sur le même siège que chaque jour. Je peux la regarder pendant des heures. Elle me fait sourire. Elle doit avoir une quarantaine d'années, arrive toujours très en avance à l'arrêt de bus. Elle tient sous son bras un énorme sac rose parme dans lequel se cachent des milliers de trésors. Quand le bus arrive à sa hauteur (elle se tient toujours pile au bon endroit), elle attend patiemment que les portes de sésame s'ouvrent. Puis, majestueusement elle entre dans la roulotte.

« Bonjour » tout sourires au conducteur, qui la dévore à chaque fois du regard. Elle ne présente jamais sa carte, la vilaine ; personne ne la lui demande. On dirait qu'elle fait partie de la taule.

Puis, elle s'installe sur le premier siège, juste derrière le conducteur. Elle attend que les autres passagers prennent place. Les portes se referment ; elle ouvre alors son sac installé sur ses genoux et, minutieusement, sort une à une des palettes multicolores, des bâtons et des boîtes merveilleuses pour se rendre belle. Ce spectacle dure exactement trente-trois minutes. Elle arrive pâle comme la neige, ressort de là comme un arc-en-ciel de couleurs. Du vert pomme sur les pommettes, du rose fièvre sur les lèvres, du fard blafard sur les paupières. Madame After-Before c'est... une chenille qui mue chaque jour en papillon dans le bus numéro 42. Et presque chaque jour, j'ai la chance d'assister à ce spectacle ordinaire... Et presque chaque jour, je participe, en étant là, à ce qu'elle se sente plus mignonnette encore que la veille. Moi, ça me donne droit à un divertissement gratos. Elle me fait patienter, le temps que le bus m'amène à destination.

Direction : le lycée Faidherbe. On se demande, je me demande ce qu'au fond on y fait. Terminus, tout le monde descend. Le conducteur freine d'un coup sec – madame After-Before manque de choir de son siège – ; il n'a pas fait exprès, il doit respecter les horaires sinon il sera forcé de speeder pour rattraper son retard. Juste le temps de réajuster mon tee-shirt sous mon pull, et me voilà au Quartier Général... J'y passe toutes mes journées, toutes mes angoisses, tous mes fous rires, mes nerfs et ma lassitude. L'école de la vie, tu parles : une vie passée à l'école !

Les yeux encore brouillés, les lacets même pas serrés, je cherche en tâtonnant les boutons de mon blouson pour m'envelopper dans une couverture de substitution. Routine bahutienne, on se fait des sourires en croisant sous le préau les têtes dont on connaît les têtes dont on ne connaît pas les prénoms. À ce moment précis, je n'ai qu'un objectif : défoncer la machine à café à coups de pièces glissées à la hâte dans la fente. Faire descendre une mare noire au fond de la gorge. Me réchauffer. Me réveiller avant le début des cours.

– Salut Salima !

Encore une voix que je connais… Nordine.

– T'es là ce matin, toi ? je rigole. T'as réussi à te lever !

– Ben ouais, le proviseur a appelé ma mère. Maintenant, tous les matins elle met le réveil et me fout dehors pour que j'aille en cours.

Il me fait rire, lui. Nordine. Un dingue de foot nul en cours. Ça le soûle, qu'il dit. Je peux le comprendre, mais je suis dans le système, attrapée docile. Une bonne élève, comme on dit, exactement ce qui me pousse à lui lancer, en lui faisant une tape dans le dos :

– T'inquiète, accroche-toi. C'est important de bien travailler. Tu peux te mettre à côté de moi si tu veux, je t'aiderai, OK ?

– C'est cool !

La sonnerie retentit. Allons nous ranger sagement devant la salle de cours…

– Paie-moi un café, s'il te plaît, j'ai pas assez sur moi…

Au fond de ma poche, j'extirpe de jolies perles de toutes les couleurs… et quelques centimes d'euros. Pas assez pour lui offrir de quoi se réchauffer la gorge.

– *Sorry*, Nordine. J'ai plus de thunes, tiens, prends une gorgée.

Il attrape mon gobelet et se sauve au bout du couloir.

– Je te le rends t'à l'heure, j'ai pas envie d'aller en cours, là !

Le saltimbanque. Attends que je l'attrape, ce plus grand farceur du bâtiment A... Mais avant que j'aie pu mettre mes promesses à exécution, ma compagne de bahut arrive, haletante. Noëlle.

– Je me suis pas réveillée ce matin... elle lâche entre deux inspirations.

– T'inquiète, le prof était en retard, il vient juste d'arriver.

V'là mon acolyte rassurée. Elle passe sa main dans ses cheveux rouges coupés à la garçonne, histoire de les remettre bien en place. Noëlle, elle a sur les pommettes des taches de rousseur splendides qu'on croirait taillées sur mesure. Mais elle les déteste, je le sais, je le sais. Je l'ai surprise maintes fois en train de badigeonner sa peau d'une crème couleur « blanc mort vivant », un truc bizarre sûrement importé de Chine via le netmarket. Je ne lui pose pas trop de questions. Elle fait partie de la catégorie « les moyens de la classe », malgré les efforts qu'elle fournit. « Doit persévérer. Sa bonne volonté finira par payer », écrivent les profs sur les bulletins trimestriels. Comme si la bonté était la clef de la réussite ? Ça se saurait. Noëlle, c'est une redoublante. À la rentrée des cours, dès l'automne, j'ai vu apparaître sa bouille à mes côtés. Cette attention soudaine pour ma personne m'a un peu étonnée...

Un jeudi de cours de sport, alors qu'on enfilait nos vêtements dans les vestiaires, elle m'a avoué un truc à se taper la tête contre un mur : « Sal', en fait, ma mère m'a recommandé de te fréquenter, parce que t'es la meilleure de la classe ». Genre, je possède des puits de pétrole, des millions de dollars, *baby* ? Je l'ai regardée, ça m'a fait rire. C'est pas la première fois que j'entends ça : *Salima Aït Bensalem est une fille sage, sérieuse et patati, patata.* « Attention ! Ma connerie aussi est contagieuse », j'ai envie de répondre. Mais je peux pas briser le mythe. Le monde serait tellement déçu, et je risquerais de ne plus exister. Bref, j'ai passé l'éponge, on s'est plutôt faites l'une à l'autre. Je l'aime bien, au final. Parce qu'elle sent bon, et que quand je m'ennuie, je peux m'amuser à compter le nombre de points rouges qui illuminent son visage. Parce qu'elle ne me demande rien et que ça me va très bien.

– Dépêche-toi, on va nous prendre notre place ! s'exclame Noëlle.

Le prof vient d'ouvrir la porte de la salle A212, et c'est la bousculade générale.

Les élèves ont, semble-t-il, énooormément envie d'aller en cours… Tous souhaitent entrer en même temps, le plus vite possible. Parce que ici, chaque jour, un jeu de rôle étrange se met en scène sous les yeux des profs, sur les planchers de l'école de la République. Un jeu qui nous aide sans doute à ne pas perdre la boule. Parce que ici, c'est la guerre… voilà comment on fait tous : on fabrique des techniques de survie. L'une d'elles consiste à s'approprier cet espace agressif en se construisant une cabane à coups de mots jolis pour s'y abriter et passer le reste de l'année scolaire en douceur. Voilà l'unique raison pour laquelle on se presse tous autant : pour se terrer dans sa planque. Moi aussi, je cours. Ma place, identique. Côté fenêtre, troisième rangée sur la gauche. Ma chaise à moi. Colorée de mille chewing-gums aux goûts fantastiques collés dessous. Ça raconte plein d'histoires à recomposer. On est assis sur un tapis volant de gum à mâcher.

Et ma table ? Du vieux bois déglingué. J'y ai gravé des tas de phrases à coups de pointe de compas, pendant les cours de français. C'est ici que je construis en silence mes rêves à venir et mes tours de magie bien appris. C'est à cette table que je livre impudique mes plus grands soupirs. Mon berceau du jour aussi, quand parfois je m'endors. C'est ici que je donne une fin à mes rêves inachevés. Je les modèle comme je le sens, même si je préfèrerais me laisser surprendre par eux.

Comme, ce matin, j'ai pas eu le temps d'embrasser une tartine de marmelade à l'orange avec la langue et le reste, ça gargouille en dedans. Je repense à la barre de céréales qui attend son heure au fond de ma poche. Trop tard, trop de bruit. J'entre alors dans ma nuit, elle était longue, douce et chaude. J'ai encore en bouche ce passage dans l'oubli de soi, vers une autre vie de fantôme. Des sensations étranges, des affects qui dérangent, des songes qui démangent et dévoilent le vouloir-être profond. Me voici dans un immense hall aux murs sertis de pierres précieuses et je…

– Asseyez-vous vite, on a du retard !

Le cours commence. Je stoppe là mes délires. Exercice n° 48. Sortons nos cahiers, chers soldats. Nous nous exécutons. Vérification. Contrôle. Je m'applique et j'ai tout bon, formidable. Ben oui, ça je sais faire. L'heure de cours file à vive allure.

6

La sonnerie retentit. Chouette. En toute hâte, je remonte le couloir en sens inverse. Plus que quelques pas, et j'accèderai à un monde classé top secret : le seul lieu du lycée où tout est à rêver, ici je suis une fée. J'agrippe la poignée, bonjour madame la porte. Elle m'ouvre ses entrailles et je me jette tête la première dans les bras grands ouverts de la bibliothèque.

Je connais par cœur cette cachette aux doux murmures. On y entre sans faire de bruit. Pas à pas, basquettes glissant sur moquette. Chut, il ne faut pas réveiller les mots… On devrait peut-être retirer ses souliers avant de s'y aventurer. Madame CDI, fidèle à son poste, organise le comité de bienvenue. Offre parfois un sourire, au royaume des livres enchantés. Avec moi, elle la joue version XXL : *Bonjour Salima*, me dit-elle en plissant les yeux. Elle sait qu'on partage un secret, toutes les deux. Je la salue à mon tour en hochant la tête. La salle est peu remplie. C'est le moment que je préfère. Ils sont tous à la cantine. Je vais pouvoir m'allonger dans mes rêveries sans avoir à parader...

Je pose mon sac dans l'entrée – on n'a pas le droit de voler les livres pour toujours, juste pour quelques jours – et me dirige tout au fond, dans ma chambre, tapissée de « romans ». Là, je vais retrouver des potes de longue date. Azouz Begag, fidèle compagnon, me fait un clin d'œil au passage. *Passe le bonjour au Gone du Chabâa*, je murmure avant de disparaître au fond de la rangée. Je tire un peu la langue aux manuels maniaques de littérature. Détourneurs de sens, gâcheurs de joie-toute-bête ! J'en mange à gogo en cours. Je cherche à rejoindre un personnage qui ne me noterait pas sur l'analyse que je n'en tirerais pas. Je cherche et je fouille. Faut que le titre m'attire dans ses filets de poèmes. Faut que j'aspire à être piégée en posant la bouche sur la première lettre du premier mot sur la première ligne du premier chapitre.

Cette quête à travers le livre peut durer des heures. C'est crucial. Parce que après, on va en passer des moments en tête à tête, à se découvrir, s'aimer et s'en partager, des secrets. Ça pourra durer toute la vie le jour, et se prolonger tard dans mes rêves. Vu que les héros peuvent venir prendre le thé de mes songes aussi, quand ils le souhaitent. Me faire boire ce qu'ils veulent quand je sommeille. Alors je m'applique : faut que je choisisse à merveille. Me voici... Je parcours les consonnes, les voyelles, j'arrive aux J, K. Je m'arrête subitement. *La vie est ailleurs...* j'allais le dire. Ce titre est fait pour moi, à ce qu'on dirait. Je saisis le livre à pleines mains, peut-être de peur qu'il ne se dérobe à mes désirs. De peur qu'il ne m'échappe. Au cas où, va savoir, je ne lui plairais guère. Milan Kundera. Connais pas. Je touche la couverture et ouvre le livre à secrets. Le nombre de pages m'importe peu. Je veux savoir ce qu'il se dit en silence au fil des mots. Je parcours la première page. Mais la sonnerie retentit, il faut y aller… Pas le temps de faire plus ample connaissance.

Madame CDI me presse. *Salima, faut y aller*. Bon. C'est décidé. Je tombe amoureuse de ce titre, alors je le choisis pour partager quelques moments avec lui. Ce sera donc ce type, Kundera, au fond de mon sac de cours, entre le bouquin de latin et celui de géo, entre les stations de métro et sur les sièges du bus 42. La vie est ailleurs.

7

Être assise sur le siège côté passager, à l'intérieur d'une voiture filant à vive allure dans la nuit sur l'autoroute. Ouaw... Un moment de grâce. Je pourrais en manger par dizaines, des comme ça. La ville conserve un silence majestueux, comme pour laisser s'exprimer nos soupirs. En bordure de la route, des milliers de créatures enchantées aux jambes interminables éclairent notre chemin en nous souhaitant la bienvenue. Le temps ralentit sa course folle et nous donne en offrande un moment de répit, mais c'est pour nous permettre de saisir mieux sa présence au monde.

Claudie est cramponnée au volant. Elle mâchouille depuis ce matin un chewing-gum qui, à coup sûr, a perdu toute sa saveur. Claudie, c'est notre voisine, une amie de ma mère que j'accompagne parfois pour faire les courses, elle a besoin d'un coup de main pour porter ses paquets. Claudie achète toujours des tas de trucs pour elle. Elle vit seule, elle a trente-cinq ans, elle rit tout le temps. Souvent haut et fort, en me donnant des tapes sur les fesses. Elle m'appelle « Ma p'tite louloute ». Claudie, elle parle pas arabe, ma mère elle parle pas français, mais toutes les deux elles aiment bien passer du temps ensemble à discuter de longs après-midi en buvant le thé.

Aujourd'hui, elle m'emmène à l'hypermarché, en périphérie de la ville. L'occase de m'envoler sur l'autoroute de mes propres rêves. Alors, je patiente pendant trois heures pour vivre quatorze minutes de bonheur aller, douze minutes de bonheur retour – va savoir où se perdent ces deux minutes. Claudie reste muette durant tout le trajet. C'est notre pacte. La condition *sine qua none* pour que j'accepte de l'accompagner dans la course aux promos.

Claudie est incroyablement organisée. Armée d'un stabilo rose fluo assorti à son fard à joues, d'un prospectus tapissé de mille et une promesses de bonheur, d'une calculatrice si minuscule qu'elle peut la ranger entre ses seins, elle pénètre dans l'antre aux achats : le safari moderne, à bord du chariot à roulettes, peut démarrer. Elle aborde chaque rayon à pas de louve, mais c'est telle une lionne qu'elle saute sur ses proies ; ne laisse pas une miette de produit en promo. Elle veille scrupuleusement sur ses biens. Le magasin est son territoire.

Soigneusement, elle raye les produits de sa liste et compare avec les prix affichés sur le prospectus. Nous voilà arpentant inlassablement chaque gondole de chaque rayon de l'hyper. Exactement neuf mille quatre cent trente-cinq carrés de carrelage recouvrent cette caverne d'Ali Baba où les pauvres sont rois. Des lustres de diamants nous éclairent, les corps des légumes sont parsemés de cristaux brillants, les tablettes de chocolat semblent des lingots d'or... On pourrait y perdre la tête, tant les biens de ce monde savent se rendre accessibles à nos désirs les plus fous. En cash ou en différé. Quatre fois sans frais. Sur place ou à emporter...

Claudie surveille les étiquettes et les codes barres. C'est son domaine à elle. Si une erreur dans l'affichage des prix survient, triomphante elle en avise immédiatement la caissière et exige qu'on lui offre le produit ! Elle est comme ça : *elle se laisse pas faire*. Moi, je suis lasse, si lasse. Je pousse le chariot magique. La hotte roulante du Père Noël devenu capitaliste. On arrive à hauteur du rayon électroménager. Je suis sciée de voir les efforts que *Thomson*, *Philips* et compagnie déploient pour nous rendre la vie plus compliquée : un tagine électrique. Un tagine électrique ! Autant nous vendre un feu de cheminée numérique ! Ils nous font croire quoi, ceux-là ? Tante Zoulira aurait dû déposer le brevet, alors...

Après avoir passé des heures dans le magasin, enfin, on se retrouve aux caisses. À attendre la nuit. Tout le monde choisit de faire ses courses au même moment, décidément. Sommes-nous si prévisibles. Le tapis roulant nous surveille : *Qu'avez-vous à déclarer ?* OK, le défilé des surgelés peut commencer. Claudine les dépose un à un, avec application. À chaque fois, je dénombre plus de boîtes de conserve pour ses chats que pour elle-même. Attrapant une revue sur le rayon «Indispensables de dernière minute», elle lit son horoscope en riant très fort:

– Ha ha ha! Paraît qu'il faut être à l'écoute, un « signe de terre » me guette…

Elle s'adresse à la caissière:

– J'y crois pas, mais ça me fait passer le temps de lire ces conneries, à chaque fois!

La caissière appuie sur le bouton rouge de son chemisier, et sa machine à faire des sourires de politesse se met en marche. Claudie a prévu des cabas et des cartons pour y déposer ses trésors à manger. J'aime bien l'aider. Elle est seule, Claudie.

Quand je lui souffle de temps en temps qu'elle pourrait trouver quelqu'un pour faire sa vie, elle s'esclaffe de plus belle. Mais en même temps, son visage se ternit. Son regard se perd dans le vide, son rire est un peu abîmé.

– Eh ma louloute, tu rigoles, oui? Ch'uis bien, moi, comme ça. J'ai pris l'habitude, j'ai pas envie qu'un jules débarque chez moi pour me casser les pieds et me dire comment je dois marcher ou m'habiller. C'est à toi de bien choisir, ma gamine. Et te laisse pas avoir par le premier qui te fera un sourire. Amène-le-moi hein, qu'on regarde de plus près ce qu'il a dans l'bide.

Ça… C'est pas pour tout de suite, vu mon aptitude à attraper les mouches au vinaigre. Mais je ris avec elle, pour pas qu'elle se sente triste. Ma mère dit que c'est pas bien pour une femme de trente-cinq ans, de vivre seule. Il faut se marier jeune et belle – après vingt-cinq ans, grand maximum, c'est foutu pour toi, tu décotes à l'argus, plus personne ne veut d'une vieille.

– Cent quarante et un euros et cinquante-trois centimes.

– C'est trois euros de moins par rapport à ce que j'avais prévu ! se réjouit Claudie.

Règlement espèces. Des billets de toutes les couleurs. La caissière saisit machinalement la sueur du front de Claudie et lui tend la monnaie, puis sans plus attendre s'attaque au client suivant. *Merci de votre visite, à bientôt.* Nous dit le ticket de caisse. De rien, connard.

Le parking est empli de voitures miniatures, les anges jouent avec à notre insu. Le coffre se gave de produits vitaux. Vite, ici le lait, là les surgelés, ça les fruits et légumes, surtout pas les œufs, en dernier les œufs ! Le temps de rendre le caddie, et nous voilà dans l'engin qui ronronne. Moi, je préfère me ravitailler en bas de chez moi. Chez Ahmed. On n'a pas beaucoup de choix, mais il est gentil. Parfois il me tend un malabar. Il pense encore que j'ai dix ans. Il a pas remarqué que mes formes lui disent bonjour, je suis devenue une p'tite femme dans sa cité… Vlam, on ferme les portes. La clef sur le contact, branché sur la FM, le voyage entre les étoiles peut commencer !

Voici venu le moment tant attendu. La cinquième poussée à fond, l'insertion sur l'autoroute se fait en douceur. Les ondes se mettent à chanter et la brume danse sans se lasser. Mes pensées se perdent à l'horizon, je sens monter en moi cette sensation que je connais, que j'attendais.

Enfin, te voilà. Urgence de la vie. Force dans mes membres, sur la chair et juste là, à fleur de peau. Je colle mon visage contre la vitre froide, un peu humide. Claudie chantonne entre ses lèvres. Elle doit rêver à ses vingt ans, son amant toujours attendu, jamais apparu. Je regarde ce bal de lumières et de voitures incessant. Je suis traversée d'une douleur sublime et inexplicable. Les larmes me montent aux yeux, le trait de khôl baignera dans une eau de mer et viendra faire échouer son encre noire sur mes joues chaudes. Salima se sent vivre, Salima pleure de plus belle. Je suis prise dans un tourbillon de bonheur… Puisse ce moment ne pas s'arrêter. Sortie sud. Clignotant. Claudie m'oublie, Claudie chantonne. J'attrape un mouchoir au fond de mon baggy, vite, essuie ton délire, personne ne comprendrait.

Claudie serre à gauche. La ville est calme, il fait noir. De loin, j'aperçois les hautes tours de mon QG. Les lampes de la ville me souhaitent la bienvenue en me faisant la révérence. *Merci*, je pense. Nous arrivons sur le parking, Claudie se gare devant son bloc et retire la clef de contact. Elle se tourne vers moi et me regarde un peu :

– Ça va, mon p'tit ?

Elle pose sa main sur la mienne en me souriant.

– Ça va, Claudie…

On s'échange un regard complice, très court… et puis elle ouvre la portière en sifflotant.

– Bon, allez, déchargement oblige ! Thomas, viens nous aider mon p'tit !

Thomas, son voisin de palier, avait sans doute cru échapper à la corvée en tournant la tête de côté ; cinq étages à se taper, ça mérite réflexion. Mais Claudie a mal au dos, elle ne peut pas porter de charges trop lourdes, alors ce grand gaillard du quartier qui ne fait jamais quoi que ce soit pour personne, pas même pour son propre salut, s'exécute.

Pas de pot pour lui, il est grand, maigre comme un clou et se retrouve les bras chargés de paquets dans les escaliers. On se croise au deuxième étage.

– Salut Salima, il me dit en souriant, d'une voix un peu essoufflée. Ça va ?

– Salut, je lui réponds, un peu surprise.

D'habitude, il ne me parle pas, ç'ui-là. On ne se parle jamais… Qu'est-ce qu'il me veut…

La corvée est terminée, j'embrasse Claudie.

– Merci ma louloute, rendez-vous dans un mois, d'accord.

– On fait comme ça…

J'arrive devant mon hall, appuie sur le bouton de l'ascenseur flambant neuf – ils en ont installé un, il y a quelques mois. Depuis que deux vieux se sont cassé la figure et les côtes et les jambes. Pépé Pascal et Annette. L'un d'eux est resté dans le coma. Ça a fait un bordel monstre dans le quartier et dans la presse. La télé régionale s'est pointée. Alors le maire a débarqué. Il y avait plein de monde dans mon immeuble, ce jour-là. La honte, je suis restée dans ma chambre sous la couette pour que personne ne me remarque. Il a parlé longuement en jetant son regard loin devant, vers l'avenir de notre commune.

Bla-bla sur le droit au logement, la sécurité, la solidarité envers les personnes âgées et la lutte nécessaire contre l'isolement. Bref, on t'a rien demandé de tout ça. Mets-nous juste cet ascenseur et, tant que tu y es, répare ce putain d'interphone. Et puis le lendemain, ils ont commencé des travaux pour installer un éleveur de corps en acier. Ma mère a peur de ce truc, elle préfère se taper les escaliers. Elle me fait rire. Elle dit qu'on sait jamais jusqu'où l'ascenseur peut nous emmener. Je ne comprends pas trop sa peur, mais je la respecte et l'accompagne. C'est ça l'amour d'un autre, comprendre ce qu'il est. Un cliquetis se fait entendre. Les portes de l'ascenseur s'ouvrent.

Je respire alors, le souvenir de ma douleur inexplicable et sublime se dissipe, je me sens soulagée : j'avais un trop-plein de vie en moi, c'est tout, fallait juste purger. L'ascension commence. Face à moi, mon image inversée dans le miroir. Putain, mon mascara m'a trahie, petites gouttes de vie sous mes paupières ont fait leur lit... Ben voilà, Thomas s'en fiche de moi, il m'a juste démasquée.

8

Je me suis glissée dans mon lit. La tête enfouie sous la couverture kitch. Je suis là. À sentir la douceur de ma couverture polaire. J'attends, impatiente, que le marchand de sable enfin m'enlève. Je cherche, je cherche... ne trouve pas... le sommeil.

Les yeux écarquillés, je scrute le plafond à la recherche d'un trou magique par lequel me glisser pour rejoindre mes rêves. Mais ce soir, rien n'y fait. Ce satané sommeil s'est perdu dans l'atmosphère. Abîmé dans les astres de poussière. Machinalement, j'attrape mon portable, peut-être a-t-il des merveilles à me livrer ? Un message à décoder, un coup de fil à décrocher que le vibreur aurait masqué ? Quelque chose qui m'emporterait – mais rien n'y fait. Alors, les yeux grands ouverts, je vis ma vie comme on la rêve.

Salima ma douce. Allongée sur le lit. Je la vois princesse des mille et une sornettes. Voici. Sa robe dorée serait cousue avec des fils de porcelaine. Tomberaient sur les épaules ses cheveux longs, raides et fins à souhait, comme dans les pubs pour shampoing. Elle pourrait marcher sur les nuages, s'endormir parmi les étoiles et croquer un bout de lune brune. Tu délires. Oui, c'est vrai. Mais je ne trouve pas le sommeil. Ça fatigue de vivre. Il en faut de l'énergie, pour se couper de ses rêves, courir après le métro, le bus, aller en cours, manger, rire, bien faire ses devoirs, embrasser le front ridé de sa mère, celui de son père (enfin, quand son front n'est pas sur les routes). Et encore faire ses devoirs, ceux de la petite sœur, et aider les voisines. Repasser ses fringues pour le lendemain. Penser à son avenir. Rêver les yeux ouverts d'un prince imbécile aux yeux verts et vivre pleinement le présent de ses dix-huit ans.

Alors ce soir, je ne dors pas. Je resterai là, folle funambule, suspendue à des songes secrets, histoire de faire danser jusqu'à n'en plus pouvoir l'horloge insolente.

9

Ce matin, devoir sur table.

Le prof nous a annoncé la nouvelle il y a quelques semaines, en projetant un regard énigmatique droit devant lui. On a eu l'impression qu'il allait percer le mur du fond de la classe, son regard. Surtout lorsqu'il a précisé d'un ton très solennel : « En conditions d'examen ». Là, c'était le pompon. On s'est tous regardés. Pff. Mytho. Les profs, ils font le coup chaque année : les anciens nous ont déjà prévenus. Tout le monde le sait. Tout le monde en rit. Tout le monde triche... Tous ? Tous. Sauf moi. Forcément : je suis celle sur qui le monde copie. Alors, j'ai les épaules lourdes depuis quelques jours, je porte sur mon dos l'avenir de mes copains de classe. Je m'applique comme une folle, pour ne pas les planter. Parce que la terminale L 2 tout entière compte sur moi.

T'imagines la cata, si j'assure pas ? On redouble TOUS ! Les profs se suicident ! Nos parents nous assassinent ! Alors, je suis comme ces écoliers qui s'évertuent à connaître par cœur, sur le bout des doigts et jusqu'aux extrémités des orteils, les poésies enfantines. Opé pour l'épreuve de récitation publique. Tout, j'ai tout appris. Sauf que c'étaient pas des poèmes au goût de miel, mais de la grammaire dans la langue de Shakespeare, à la saveur vers de terre. C'est vrai, j'avoue que de temps en temps, je décrochais pour me laisser emmener dans un wagon de rêves. Traînailler dans mes mensonges à la rose… Mais ce matin, c'est la dernière ligne droite. Je tente de rattraper ce temps évaporé en relisant comme une hystérique mes fiches dans le bus. Même pas pris de petit déjeuner. Même pas regardé le soleil pointer le bout de son nez dans le ciel mirabelle ni la métamorphose de madame After-Before. Juste pris soin de porter des fringues impec', car tous les yeux seront rivés vers moi : pas de tache sur la chemise, pas d'auréoles au niveau des aisselles. Assurer le déo antitranspirant.

Lorsque j'arrive dans le couloir du bâtiment A, mes camarades me scrutent avec des yeux larmoyants. Pleins d'espoir. De ma réussite dépend leur sort. Moi qui ne suis qu'un mouton le reste du temps, je serais un guide, ce jour ? Ça me fait à chaque fois bizarre dans le ventre. Ça fout même les jetons. Je croise les doigts pour que le sujet ne soit pas trop bâtard. La sonnerie retentit, on s'échange des mots d'encouragement et des regards complices. L'ambiance est tendue. Mais personne ne panique : avec les autres, on a un plan qui marche du tonnerre.

Voilà, l'entrée dans la classe se fait en douceur. Dubouchon est sur les nerfs. Il distribue les copies. Les sujets. Les regards assassins. « Silence ! À partir de maintenant, je veux entendre les mouches voler, ou c'est zéro pointé pour celui qui se fait prendre. » Alors on se la ferme, et puis on entend le ventre de Medhi, le gros mangeur, qui gargouille. Y a un fou rire qui commence au fond de la classe, mais il s'éteint très vite. Laissons place à la concentration de Salima. Arrêtez de déconner, les mecs. OK. L'interro commence. J'ai peu de temps pour remplir ma copie, parce que Jérémy attend mon signal au fond de la classe. Ce matin, je suis un peu plus lente que d'habitude, alors il tousse deux ou trois fois. Pour me dire : *Qu'est-ce que tu fous, là ?*

Bon. Je m'applique. Exercice 1. J'entoure, je coche, je conjugue, je coordonne et je plus-que-parfait. Exercice 2. Compréhension. Je gribouille quelques phrases au crayon de papier – avec des fautes, pour ne pas attirer les soupçons. Je reprendrai ensuite l'exercice avec mon style à moi. Là, c'est juste pour leur donner quelques pistes. Ils n'ont pas le droit de copier mot pour mot, sinon ça fait flag. Une relecture éclair et c'est bon, je suis prête. Je fais rouler mon crayon, il va s'écraser sur le sol : c'est le signal. Jérémy lève la main. Dubouchon, qui s'appliquait à faire le maton depuis son bureau posé sur l'estrade, se lève. Il marche sur la pointe des pieds pour ne pas perturber nos cerveaux échauffés et se dirige vers le fond de la classe. Là, Jérémy fait mine de ne pas comprendre une des consignes.

Les profs ne le savent pas, mais ce « moyen » de la classe fait partie du club de théâtre de la ville. Il assure comme une brute dans cette matière qui compte pour du beurre : il peut entrer dans la peau de mille et un personnages sortis de son imagination, et pour ça, cette capacité qu'il a de se confondre dans d'autres vies possibles, je l'envie *fort*. On l'a désigné pour ça Jérémy, mais aussi parce que c'est le chouchou du prof d'anglais ; le vieux bouc est amoureux de sa mère, à ce qu'il paraît. Voilà. Il est tombé dans le panneau. Dubouchon se penche sur la table du comédien en herbe et oublie le reste du monde. Alors, je peux lever ma copie au zénith, pour que les copains de la rangée située juste derrière se servent. Puis les suivants feront de même, etc, etc. Les profs, ils n'y voient que du feu. C'est de la rigolade à la marmelade. Ça donne un goût exquis à la matinée des p'tites canailles qui n'ont rien eu à faire pour réviser. Ils doivent avoir le cerveau ramollo. L'imagination raplapla. Ils seront vieux avant l'âge, c'est sûr.

Mais d'un coup, Dubouchon se redresse. Je l'entends ; je le sais. J'repose illico ma copie sur la table. A-t-il vu quelque chose ? Un traître a-t-il balancé notre combine ?

Ses pas résonnent dans la salle de classe : pourquoi ne marche-t-il plus sur la pointe des pieds ? Il arrive derrière moi et s'arrête. Ma respiration est bloquée et moi, moi j'entends la sienne. C'est sûr, il m'a vue. Conseil de discipline, expulsion et tout le bataclan m'attendent au tournant. Il se penche par-dessus mon épaule et lit ma copie... j'étais en train de gommer les phrases prêtes à être cueillies par mes copains de classe.

– Eh bien, mademoiselle !

Mon corps tressaille.

– N'allez pas gribouiller ainsi sur votre copie, enfin ! Utilisez donc les feuilles de brouillon que je vous ai distribuées.

Je le regarde. Je fais la bonne élève qui ne savait pas. Qui vraiment a oublié. Mais, lui, lui… s'il savait. S'il savait ! Alors, je saisis la feuille de brouillon qui traînait quelque part sur ma table, rien que pour lui faire plaisir. Je replonge mon nez dans la copie. Je m'applique pour de bon, cette fois. Et là, je me dis *En tout cas, une chose est sûre : j'serai jamais prof.*

10

Parce qu'on est tous là.

Parce qu'il est midi et des poussières. Parce que l'horloge nous ordonne de prendre une pause. Parce que les tatas de la cantine sont sur le pied de guerre. Alors, nos estomacs sont prêts à avaler, au même moment, la même chose, comme des cons.

Fissa, fissa, allez ! C'est l'heure de manger ! Ah bon ? Mon ventre n'a pas faim. On s'est régalés en cours en avalant en douce un paquet de *Pépito* avec Nordine. Pas faim, pas faim. Et pourtant si. Ainsi va l'appétit moderne. Il faut s'envoyer au moins cinq légumes et cinq fruits par jour. Un tiers de féculents et l'autre tiers de protéines. Et ta connerie ? Ça ne chatouille pas mon appétit, ces drôles de mots. Mais ce n'est pas encore le mois de ramadan, et il n'y a rien d'autre à faire à cette heure-ci, alors bon. Je suis le mouv'. Direction le restaurant scolaire... En route pour un céleste repas d'amour ? Tu rêves : subir l'odeur de ton voisin qui transpire, rien avoir à se dire. Rejoindre une queue intersidérale. À vouloir entrer de force là-dedans d'un seul coup, on pourrait même mourir !

Vite. Attraper un plateau – sans faire tomber les livres, et tout en manœuvrant avec, sous le bras, le sac plastique où végètent mes affaires de sport et, sur le dos, le sac-besace où patientent mes affaires de toutes les autres matières. Faut pas que j'écrase mes lunettes non plus… Sauter sur le dernier verre. Choisir en deux secondes une fourchette, un couteau propres, et la petite cuillère secrète que je garderai pour toujours, en souvenir de mes galères. Puis, je me range sagement dans la file indigène. On joue tous à ne pas se connaître. On joue aussi à ne pas dépasser sur les côtés. On aime à être bien rangés. Comme en primaire. Pourtant, personne ne nous y oblige, je pourrais même bousculer la blondasse qui est devant moi, lui tirer la tignasse et lui voler son bout de pain. Ou bien proposer à mon voisin une partie de marelle en attendant que ça se passe ? On pourrait simplement partager un *BN* et s'en contenter en riant le reste du temps.

Mais au lieu de ça, on avance, en silence. But du jeu convenu à l'avance : conserver son espace vital. Quelques millimètres peuvent bien nous séparer, nous ferons comme si ni l'un ni l'autre n'existait. Surtout, surtout, ne pas se toucher. Sinon, c'est la honte ! On ne se connaît pas, on ne veut pas se connaître et on n'a rien demandé à personne. Alors, voilà. Partageons ensemble un espace où chacun est roi. Et les uns et les autres de s'ignorer total. Comme si, finalement, il n'y avait personne d'autre que soi-même à la cantoche.

Voilà. On est tous là, sur la même table à manger, tous ensemble mais chacun de son côté.

Il est un peu plus loin. Je le regarde comme je regarde les panneaux, les verres, les passants, le mur et les affiches qui se décollent. Je me demande encore combien de temps elles peuvent bien tenir comme ça, en lévitation, ces affiches périmées de plus d'un mois. Je me demande aussi pourquoi personne ne pense à les enlever, pourquoi tout le monde attend que quelqu'un d'autre le fasse. Elles ne veulent plus rien dire.

Je *le* regarde comme si je ne l'avais pas vu. Comme si ces yeux verts sous une mèche rebelle n'existaient pas. Je le regarde comme si j'en avais rien à faire. Mais je le voudrais pour moi. Ça me donne envie de lui foutre le plateau sur la gueule. J'avale mon dessert à la hâte ; il a le goût de la vitesse de la lumière. Et je m'éclipse dans la cour de récré. Je marche et marche, histoire de m'aérer un peu. Histoire de parler en tête à tête avec mon cœur imbécile qui n'écoute rien de ce que je lui dis. Ce cœur en attente, qui va finir par mourir vieux et sec à force d'être là, accroché comme une sangsue à ses songes. Je risque de passer à côté de ma vie, tapie docilement à l'ombre d'une ombre…

Je marche et je passe la grille sans m'en rendre compte. Eh ben voilà. Aujourd'hui j'en ai ma claque. Je décide de faire moi-même l'emploi du temps de mon temps, que je ne veux plus donner aux autres. Je sèche les cours ce jour.

11

Le corps immense d'un bus apparaît au bout de l'avenue. Sans lunettes, je ne distingue pas très bien les chiffres tatoués sur son torse. *Quelle que soit sa direction*, m'ordonne une voix profonde, *tu prendras place*. C'est écrit. Tu iras là où le *mektoub* nous mènera. Je n'oppose aucune résistance.

L'engin arrive à ma hauteur et je me risque à grimper sur ses genoux pour un itinéraire sans dessein. Les sièges sont vides, cet espace volant sera donc tout à moi, ce jour ? Yes ! Je peux m'allonger si la folie m'en dit, marcher au beau milieu de l'allée en faisant le poirier ou courir la tête à l'envers sur les vitres. Au lieu de ça, sagement je m'assieds quelque part au milieu de l'engin, côté fenêtre.

J'ai une petite boule dans l'estomac, quelque chose comme une appréhension, mais aussi le sentiment qu'il va se passer quelque chose d'important, le temps de cette fugue urbaine. La prof va sûrement dire : « Salima est absente ? Elle est malade peut-être ? » Ma faute, je ne l'ai pas habituée à m'absenter. Elle sera sûrement déconcertée parce que personne ne jouera à lever la main pour répondre aux questions et avoir bon. Personne ne lui dira « Oui, madame Élise, on a bien lu les chapitres comme vous nous l'aviez demandé ». Peut-être que *lui* aussi remarquera, dans le silence de cette absence, dans un couloir entre deux cours, que tout le reste du temps je suis là, à murmurer *son* nom ? Tsss... Je crois qu'il n'imagine même pas que j'existe, que je suis faite de deux lèvres, de bras, de jambes... d'un cœur. Je crois qu'il ne connaît pas même le timbre de ma voix. Je regrette d'avoir mis ce pantalon déglingué et ces chaussures de gardien de prison. J'ai l'air d'un sac de pommes de terre sans pommes de terre. Je pourrais mettre une jupe, de temps en temps, et tomber mes boucles brunes sur les épaules, pour ressembler à *ses* rêves ?

– Ça va Salima ? Ça va ?

Je me retourne et je vois Ismaël posté à ma hauteur. Je ne lui souris pas, on n'a pas besoin de se sourire, lui et moi. On se regarde, c'est tout.

– Tu vas où ? il me demande.

– Je vais me promener...

– Ah ouais, d'accord...

Le bus reprend la route. Ismaël reste quelques minutes debout, puis s'assied brusquement à mes côtés. Il est vêtu d'un de ses plus beaux costumes et ses doigts serrent une petite mallette noire, qu'il a pris soin de bien faire briller, comme d'habitude. Il est là pour veiller sur mes rêves, le temps de cette fuite hors de moi-même.

– Ça va, Salima ?

Il aime bien répéter cette phrase, Ismaël. D'habitude, juste après il me dit « Demain, je vais faire une formation en informatique. Pour commencer un travail bientôt, *inchallah* ». Il est capable de dire cela plusieurs fois par semaine, mais cette fois-ci, nous restons tous deux dans nos silences respectifs. Je regarde par la fenêtre et laisse vagabonder mes idées. Mon regard s'accroche au paysage urbain de cette ville figée. Les briquettes rouges recouvrent les façades. Le ciel bas et gris. Tout est plat à en mourir. Paraît que ça a son charme. Foutaises. Moi, je voudrais voir des reliefs. Des Oh. Des Bas. Des montagnes, des lacs et des vallées. Mais ici tout est super plat, comme nos vies.

– Tu sais, l'autre fois, chez les voisins… c'était pas moi, c'était pas moi, il me dit tout à coup.

Je l'avise (comme on ne dit plus). Puis lui réponds calmement :

– Mais si, Ismaël, c'était toi… mais c'est pas grave. Personne ne t'en veut.

Il parle d'un incident qui s'est passé il y a quelques mois, lorsqu'il est entré sans frapper dans l'appartement d'une voisine, à la recherche d'un briquet pour allumer sa cigarette. La voisine a hurlé, son mari, El Hadj, surpris dans son sommeil, a débarqué et s'est jeté sur lui en lui assénant des coups dans le ventre : il ne l'avait pas reconnu. El Hadj a mis du temps avant de réaliser que ce n'était qu'Ismaël. Il s'est arrêté brusquement, regardant le jeune fou allongé sur le sol, effrayé, dans une mare de sang, le nez cassé, qui répétait inlassablement « C'est pas moi, c'est pas moi ».

Alors, le bourreau l'a aidé à se relever. Avec son épouse, ils ont nettoyé la plaie. La voisine a pris soin de mettre dans une assiette des gâteaux à la noix de coco, puis ils l'ont conduit chez ses parents. Ils se sont longuement salués, en se demandant mutuellement des nouvelles de leurs familles respectives. Et puis, la maman d'Ismaël a servi du thé à la menthe. Les voisins ont expliqué, gênés, la méprise. Ismaël a pleuré en disant « C'est pas moi, c'est pas moi ». Ses parents n'ont rien dit, ils l'ont couché après lui avoir donné tous les bonbons aux goûts anxiolytiques, hypnotiques, qu'il n'avait pas pris ce jour-là.

Je le regarde à la dérobée. Il hoche la tête, gravement :
– Ah, ouais d'accord, c'est pas grave.

Je souris de cette innocence retrouvée chez lui. Parce que avec Ismaël, on se rencontre de temps en temps dans le bus. Et moi, j'aime bien être à ses côtés. Je me sens libre de parler de manière décousue, ou de ne rien dire du tout… Étrangement, lorsqu'on se concentre sur le contenu, ce qu'on échange a vraiment du sens. Il a comme des idées d'extraterrestre.

– Eh, Salima, mon père il a une belle voix, il connaît bien le Coran, il me dit.

– Je sais, j'ai déjà entendu ton père.

Il reste un moment sans parler, puis reprend :

– Je vais aller dans un studio, là-bas, il va enregistrer toutes les lettres de l'alphabet arabe sur plusieurs pistes. *Alif. Bâ. Ta. Tsa…* Après, quand tu rentres à la maison, tu mets le CD dans la chaîne et tu appuies sur la touche « *shuffle* », pour avoir des chansons incroyables.

Je souris en y pensant. Chaque matin à 8 h 45, il attend à l'arrêt de bus en fumant une cigarette. Il va à l'hôpital de jour rejoindre d'autres fous qui, comme lui, ont plein d'Ismaël en eux. Et sa mère lui remet un sac bleu avec des bonbons antidépresseurs dedans pour la journée. Il parle toujours très brusquement et très vite. Puis ne dit plus rien pendant de longues minutes.

Il me regarde, l'air absent. Il récite des phrases du Coran entre ses lèvres, alors il ne faut pas le déranger.

– Qu'est-ce qu'il y a dans ta valise ?

Je sais qu'il va me répondre sur la défensive.

– Mais rien, rien… y a rien. C'est pour le travail.

Mais sa valise, je sais ce qu'elle recèle. Il y a une brosse à dents, une paire de tennis, un livre sur la vie des oiseaux, plein d'articles découpés sur la politique et la société, qu'il apprend par cœur…

– Tu sais, la France elle est malade, c'est parce que son peuple aime bien souffrir, il dit tout à coup.

Je le regarde. Il est là. Il n'est pas triste. Il n'est pas euphorique. Il avance au jour le jour. Je n'oserais dire « sereinement ». Il est sans conscience. Comme un chat posé sur un radiateur, il n'attend rien. Ma mère m'a dit que, plus jeune, il se regardait souvent, longuement, dans le miroir. Il se sentait fort, beau. Le plus fort et le plus beau. Plus jeune, il était gentil, trop gentil. Les plus grands de la cité lui demandaient d'aller çà et là ; il y allait avec le sourire. Je sais aussi que quand il rentrait chez lui, il était plein de secrets dans son silence. Avec le temps, il a appris à se parler à lui-même.

— T'es partie à l'école ? il me demande.
— Oui, je dis, mais j'en ai marre aujourd'hui.
— Moi je travaille bien à l'école, je sais tout faire et les maîtres ils m'aiment bien.

J'imagine Ismaël enfant. Avait-il ce regard insouciant ? Comment se comportait-il dans la cour de récré ? Je sais qu'il n'était pas encore cet Ismaël que je connais, en tout cas – celui qui entre chez les gens parce qu'il ne sait pas qu'il ne faut pas. Comme la plupart des « grands frères » de la cité, il a dû apprendre le français sur le tas. Avec les gamins qui riaient d'avoir un bronzé dans leur classe. À l'époque, c'était pas habituel. D'autres trouvaient ça rigolo et posaient sûrement des tas de questions auxquelles il ne pouvait répondre. Ma mère m'a rapporté qu'un jour, elle avait vu tous les enfants en cercle autour de lui, se moquant parce que la braguette de son pantalon était grande ouverte. Ismaël était rouge de honte. Ismaël avait la rage. Alors, m'a dit ma mère, il a voulu se faire entendre. Il maîtrisait pas la langue : il a retiré sa ceinture et s'en est servi pour rosser tous ceux qui, par malchance, se trouvaient dans son champ de vision.

Le directeur de l'école, atterré par ce comportement barbare, a convoqué le père sur-le-champ. À peine rentré de l'usine, celui-ci a débarqué à l'école en djellaba. Le directeur de l'école l'a installé dans son bureau. Il parlait sûrement avec des mots très simples, lentement, pour bien se faire comprendre. Ismaël avait sûrement les bras croisés, les sourcils froncés. Il regardait sûrement le bout de ses chaussures. Et puis le directeur n'a pas eu le temps de finir, parce que le père s'est jeté sur le fils et lui a donné des coups avec le bout de bâton qu'il avait dissimulé sous sa robe. Le directeur a sauté de sa chaise et s'est mis entre eux pour protéger Ismaël. Il a dû se prendre quelques coups... Tout le monde en rit aujourd'hui, quand on y repense. C'est une légende connue dans le quartier. Les profs, ils doivent nous prendre pour des sauvages...

– Salima, t'as pas une cigarette ?
– Tu sais bien, je fume pas... Et puis, on est dans un bus.
– Ouais, je sais. Je suis pas fou.

Le bus s'arrête. Le conducteur se retourne pour vérifier qu'Ismaël descende bien ici, comme le lui a demandé son père. En échange, il reçoit un petit billet de temps en temps.

Ismaël s'apprête à me quitter, puis se fige brusquement et me dit :

– J'y vais là, je vais faire une formation en informatique aujourd'hui.

– OK, travaille bien !

Il me sourit. Et il descend. Pourquoi lui briserais-je ses rêves ? Ismaël a toujours voulu apprendre le langage numérique, rentrer dans le corps d'un ordinateur et créer des logiciels pour mieux maîtriser notre monde. Il avait ses chances, au début. Parti de rien, il est vite devenu un bon élève. Et puis, l'année de ses exams de fin d'études, il est tombé sous le choc lorsqu'il a croisé le regard d'Émilie. Je crois qu'il s'est allongé dans la rue pour mourir le jour où Émilie lui a dit *T'es moche*. Il a été interné dans un HP, avec plein d'autres comme lui parce que plus on est de fous, plus on rit. On y gave les aliénés de bonbons médicamenteux, pour les « maîtriser ». Tu ne ressentiras ni euphorie ni souffrance. Tu n'auras rien à faire de tes journées. Tu attendras que le temps, la vie passent. Que des rides se dessinent, que ta jeunesse se consume, que le soleil se couche puis se lève à nouveau derrière les barreaux de la fenêtre. Que ta famille vienne t'apporter du thé à la menthe et des brochettes de viande pour compenser la malbouffe. C'est une prison remboursée par la sécu. On attache, on frappe. On ne comprend pas sa souffrance.

Du coup, ç'a été ça, la vie d'Ismaël : à l'HP, il y reste plusieurs mois, puis en sort. Puis y retourne. Quinze ans plus tard, son médecin dit que son état s'est stabilisé. Ça se voit : Ismaël, fidèle à lui-même, sourit tout le temps. Aujourd'hui, il vit chez ses vieux parents. Ceux-ci se morfondent de regrets tandis qu'Ismaël continue de dire bonjour aux passants dans la rue, à raconter qu'il est le meilleur du monde. Il n'est pas triste, il n'est pas fou. Il est… par-delà le bien et le mal, comme dirait l'autre. Pour lui, tout va bien. Ses parents ont mal. C'est la revanche du fou.

« Terminus. Tout le monde descend », nous lance le chauffeur. Je regarde par la fenêtre. Le bus s'est arrêté.

Je prends mes affaires et me dirige vers la sortie en me disant que si je ne me casse pas vite de cette cité de sables mouvants, je vais finir par rejoindre Ismaël et ses amis dans leur carnaval. Et on sera comme ces mille autres qui ne supportent plus la réalité des tours et du bitume, qui trouvent refuge dans les paradis de Baudelaire, s'exilent aux pays du délire permanent. La vie est un songe, la folie ravage la jeunesse, elle s'installe dans nos cuisines et jusque dans nos chambres, sous nos lits, dans nos matelas. Et s'ils avaient raison de nous ?

12

Dehors, de gigantesques nuages blancs jouent à cache-cache avec le soleil. Je regarde autour de moi, à la recherche d'indices me permettant de situer mon corps dans l'espace-temps. J'ai atterri dans une gare routière. Ça, je ne peux pas me tromper. Des gens gentils patientent sur des bancs blancs. De longs bus dociles, couchés, attendent le signal ultime pour faire le beau. C'est là que tout s'arrête ? Ben… oui, je crois. Je me mets à sourire de cette situation grotesque. C'est là que tout commence, oui !

Mon sac à dos sur l'épaule, je me mets en marche. Mes semelles s'enthousiasment au contact de ce bitume inconnu. Je passe le grand parking et débouche sur un immense boulevard. Les voitures filent à vive allure, il faut que je traverse au bon moment pour ne pas me faire renverser comme de la crème.

Une voiture passe, puis deux, quatre, six. C'est le moment où jamais : je cours de toutes mes forces… et hop, je suis de l'autre côté. Ma tour et le lycée sont loin derrière, on dirait. Je déambule dans cette ville en me fiant à mon instinct anesthésié. Sans trop savoir où je vais. Ni où je suis. Et je ne veux surtout pas savoir. Je veux me perdre, disparaître. Entrer dans un décor et m'éclipser. C'est peut-être une cité inconnue, sortie de terre juste pour un jour. Peut-être est-ce une de ces villes lumineuses que je devine au loin depuis la fenêtre de ma chambre chaque soir de la vie ? J'en vois mille et en imagine le double presque chaque soir avant de m'endormir. Aujourd'hui, j'y suis.

Je vais devoir rattraper les cours manqués, mais je m'en fiche. À cet instant, je ne suis rien pour personne et je me sens libre. C'est pas la saison, pourtant voici venu mon temps à moi des bêtises à la cerise. Je m'empiffre de joie de vivre et décélère la cadence. J'inspire profondément... puis expire mon mal de ne pas vivre (c'est la prof de sport qui m'a appris à faire ça). À présent, tout va bien. Je lève les yeux, la batterie de mes rêves comme rechargée, et me remets en route. Ainsi, je joue à virevolter dans les rues et les longues avenues. Les boulevards aléatoires. La ville est calme, tout le monde est à l'école, tout le monde travaille, personne n'est là. Cette rue est donc à moi ? Je me plais à le croire très fort. Chiche ou pas chiche : je vandalise cette plaque de marbre et, à l'aide de mon blanco, j'y inscris mon nom, en lettres majuscules bien sûr ! Bon, pas chiche, en fin de compte. Je passe. Allons-y, ma belle. Ce jour, tu es reine. J'aperçois quelques citadins, qui tracent droit devant. D'autres flânent nonchalamment. Peu d'espoir de rencontrer des gens de mon âge. Dommage... Sans m'en rendre compte, j'arrive à l'intersection de deux rues piétonnes. Les vitrines au loin laissent augurer la présence de magasins de vêtements de luxe.

Je m'y enfance, sans hésiter.

Et me voilà, face à une grande porte ornée de fer forgé. J'y vois de jolis mannequins parés d'accessoires et de tenues. Je pousse la porte. Sonnette. Trois paires d'yeux se braquent immédiatement sur moi. Une dame s'avance :

– Bonjour mademoiselle, puis-je vous renseigner ?

Non, c'est pour un braquage s'il vous plaît, j'ai envie de dire. Pourquoi elle m'agresse, celle-là ? J'ai même pas eu le temps de souffler qu'elle me saute dessus. J'ai envie de déguerpir à toute vitesse.

– Non, merci. Je regarde, simplement.

– Très bien…

Elle s'éloigne un peu, j'imagine que ma réponse l'a déçue. Elle aurait peut-être préféré que je lui dise que je cherchais exactement un chemisier vert à pois blancs ou une robe à l'eau de rose. Je m'en fiche. Je me dirige au fond du magasin. Loin d'elles. Le plus loin possible. Je laisse glisser en passant mes mains curieuses sur des étoffes de velours. Je touche du bout des doigts des robes élégantes et des jupes à la coupe délicate, suspendues comme en apesanteur. J'ose à peine regarder les prix. J'ai envie de me jeter à plat ventre sur les étalages et d'attraper tous ces tissus de merveille faits pour moi. Rien que pour moi. J'arrive face aux cabines d'essayage. J'y vais ? J'y vais pas ? Puis, j'aperçois une jeune fille en face de moi. Elle me regarde. Je suis mal à l'aise, mais je lui souris tout de même. Elle me sourit aussi et on se fait un signe de la main. Je m'approche d'elle, la regarde, sans rien dire.

Elle se tient maladroitement. Elle pourrait redresser le buste un peu, pour exister en tant que femme. Je la trouve jolie, même enveloppée dans ses rondeurs. Je la regarde dans les yeux. Deux grands yeux marron et de longs cils recourbés. Un grain de beauté posé là, près de la bouche. C'est sûr qu'elle s'habille comme l'as de pique. Qu'elle ferait bien de se racheter quelques fringues pour ressembler aux filles dont les autres rêvent. Je m'approche encore, et elle arrive à ma hauteur. Je me penche vers son visage pour l'embrasser sur le bout des lèvres. J'entends des pas derrière moi. Le contact avec le miroir est un peu froid, je me redresse aussitôt.

Une vendeuse a dû se demander pourquoi je squattais ainsi, telle une statue de verre, immobile face aux cabines d'essayage. Elle veut sûrement s'assurer que je n'ai pas de mauvaises intentions. Ça me fout la rage, qu'elle s'invite ainsi sur le divan de mes élucubrations. Foutez-moi donc la paix, ici c'est chez moi ! Je remonte l'allée en sens inverse pour ne pas la croiser, et me dirige vers la sortie. En passant, j'attrape un petit collier de perles bleues. Il brillait et me suppliait de l'aider à s'enfuir de ce labyrinthe des splendeurs. Petit collier malheureux viendra dormir dans le fond de la poche de mon manteau. Rien que pour leur dire *Je vous emmerde*.

Me revoici dehors. Je poursuis ma visite insolite dans la ville, le sourire aux lèvres. Je n'ai pas l'heure. Je m'en fiche. Ce jour est à moi. Je ne connais personne ici, je suis libre et je peux faire ce que je veux. J'observe le positionnement des bâtiments alentour puis penche ma tête vers l'arrière. Lève les yeux aux ciels. Mon visage en offrande aux cieux.

Comme qui dirait la tête dans les nuages. Mon état naturel. Je deviens un atome d'air. Je suis ultra-légère. Un sentiment de plénitude envahit mon corps de p'tite femme, je suis une bulle qui voyage vers le ciel. Le paysage urbain se métamorphose. On ne voit plus que la cime des arbres plantés là, les tuiles huilées des grands bâtiments. Les antennes œuvres d'art qui s'échappent des toitures. Les cheminées par lesquelles vont et viennent nos songeries. Les oiseaux imbéciles qui s'abritent dans leurs nids d'amour confectionnés un soir d'été...

D'un coup, au moment où je me redresse, mon corps bute contre une entité immense. Ouille. C'est quoi ce truc ? Ma tête s'enfonce dans un ventre. Aïe. Mon coude heurte un bras. Oups. Mon orteil croule sous un poids.

– Dites donc, mademoiselle...

J'ai envie de jurer mais je m'excuse, confuse :

– Pardon, je suis désolée...

La personne qui a bousculé mes pensées est un homme d'une trentaine d'années. Il est grand, impressionnant, il est habillé d'un costume taupe et je distingue des yeux profonds. Il ne dit rien. Il me sourit un peu, l'air amusé. Mais c'est une grande femme à ses côtés, furieuse, qui aboie et s'adresse à moi :

– Enfin, vous pourriez faire attention !

Mon sang ne fait qu'un tour, là c'est trop. De quoi elle se mêle, celle-là ?

– J'ai pas fait exprès, c'est bon, lâchez-moi...

Le bel homme me demande si ça va en posant sa main sur mon bras... Je souris comme un ange, l'autre folle est énervée. Elle s'apprête à ouvrir la bouche mais je me télétransporte *in extremis* : je trace ma route. Reste là, vieille folle. J'suis super contente, je lui ai volé sa parole !

Cette fois, c'est moi qui ai gagné. J'avance encore, puis fais volte-face pour savourer ma victoire : l'homme s'est retourné vers moi au même instant !... Je m'éloigne à pas rapides, surprise par cette étrange coïncidence. Je grimace un peu et poursuis ma route. Je sens la sangle de mon sac à dos peser sur mon épaule gauche. Elle me fait mal et, le temps d'un éclair, j'envisage de tout jeter pour ne conserver que l'essentiel... ma bouteille d'eau. Mais je me ressaisis aussitôt. « Arrête de déconner, Salima Aït Bensalem. Tu passes ton bac bientôt. »

OK. Je vais être sage comme une image, comme Salima on veut qu'elle soit.

13

De l'eau brûlante parfumée à la menthe vient de descendre le toboggan de mon ventre. Un thé vert aux feuilles de menthe. Le goût de l'enfance, de l'Orient. Le sucre de la sensualité. Les couleurs de la chance. L'après-goût un peu amer.

Un deuxième verre sans plus attendre. J'avais besoin de cette boisson de chaleur pour venir soulager les tumultes en mon âme. Hier soir, en rentrant, c'était ma fête... ma mère m'attendait sur le pas de la porte. J'ai juste eu le temps de voir un regard assassin. D'entendre des insultes dans une langue exotique. Puis, de sentir une main claquer sur ma joue, brûlante ensuite.

C'est que... après ma balade dans la rue piétonne, j'ai atterri sur le banc d'un parc. J'ai lu et j'ai oublié l'heure. Je crois même que j'ai dû m'endormir, parce qu'il était tard quand je me suis aperçue que j'étais dans la merde. J'ai cherché comme une furie mon portable. Le signal lumineux m'indiquait qu'il ne restait qu'un demi bâton de batterie. Un demi bâton. Un tout petit bâton.

– Aïsha, c Sal. Di à ma darone k j sui avec toi stp.

J'ai appuyé sur « envoyer », à ce moment mon portable s'est éteint. J'avais une chance sur deux que la missive soit arrivée à bon port. J'ai couru à la gare routière. Plus un seul bus. Je me suis tapé le front en m'assénant *Putain, quelle conne, putain quelle conne, putain, quelle conne*. Je suis restée quelques minutes sur le trottoir à me demander quoi faire. Même pas de quoi acheter une carte téléphonique. Et puis, j'ai joui en mon for intérieur de cette situation grotesque. J'étais au moins à quinze bornes de chez moi. Un sentiment incompressible en moi savait que j'y retournerais coûte que coûte. Car tout me rattache à ces tours de béton, la force d'attraction est trop forte.

J'avais l'impression que tous les chemins mèneraient à la case départ. Alors je me suis mise sur le bord de la route. J'ai levé mon bras de manière à ce qu'il soit perpendiculaire à mon buste, et dressé mon pouce à la verticale. Ouaw. J'avais des picotements dans le ventre, un peu la trouille. Mais bon, j'avais pas trop le choix. Il fallait faire face, cette fois. Pas moyen d'y échapper. Mille voitures sont passées. Certaines m'ont klaxonnée. La plupart m'ont ignorée. Je me suis prise pour une star de cinéma en train de tourner une scène de thriller. J'ai kiffé à mort. Sauf qu'y avait ni caméra ni maquilleuse. Zéro paparazzi. Au bout d'un moment, j'étais lasse.

★ ★ ★

Alors que, à bout d'espoir, je projetais de convaincre mon talon et la pointe de mes pieds d'y aller, une Mercedes bleu nuit s'arrête soudain à ma hauteur. Une vitre s'abaisse.
– Décidément ! me lance une voix grave.
Et là, je voudrais disparaître six pieds sous terre.
C'est le type qui a bousculé mes pensées, quelques heures auparavant ! Trop gênée. J'ai un peu honte d'être là, une fois de plus en situation de demande, d'excuse, de celle qui dérange.
– Je peux vous déposer quelque part ?
– Non merci, ça ira.
C'est idiot, cette réponse. Sortie toute seule. Sans que j'aie même le temps de comprendre l'absurdité de la situation. Lui, du coup, il me regarde bizarrement, reste perplexe.
– Ah bon...
Je m'arrête. Je dis n'importe quoi. Bien sûr que c'est un ange tombé du ciel ! Bien sûr que tu n'as pas d'autre choix... Je lui chuchote :
– J'ai raté mon bus... Je suis coincée ici...
– Allez-y, montez !
Je réfléchis un peu. Une voix intérieure me dit que je déconne. Que ça craint. Un coup de klaxon derrière moi : il faut faire vite. Je monte, je monte pas. À pied ? Faire du

stop encore ? Bon. Un dernier œil à l'intérieur. Aucune trace de l'autre hystérique. Alors je grimpe.

— Merci, je dis doucement...

Je m'installe. Mon chauffeur passe la première et appuie sur l'accélérateur. La voiture est belle, grande, confortable. On dirait un bateau. La température à bord est de dix-huit degrés. La croisière commence...

— Vous habitez loin ?

— À la Croisette, au sud de Lille.

Silence. Je ne sais pas quoi dire. Je triture les sangles de mon sac innocent posé là, entre mes jambes. La balade ne sera pas comme avec Claudie. Je le sens. Va falloir meubler. Être vigilante.

— Elle était en colère la dame, tout à l'heure, je dis pour tuer le silence. Je suis désolée, je n'avais vraiment pas fait exprès.

— Oh, c'est pas grave, c'est déjà oublié. Mais... dis-moi, tu faisais quoi comme ça, la tête dans les nuages ?

Tiens. Il me tutoie. Je suis pas sa copine, moi.

— Je sais pas, j'aime bien faire ça de temps en temps. Marcher en regardant le ciel. Ça me permet de voir la ville sous un autre angle...

Il acquiesce en faisant mine de comprendre. On quitte la ville peu à peu pour entrer sur la voie rapide. Je me surprends alors à regarder ses mains. C'est étrange. J'ai toujours été très sensible à la beauté des mains d'un homme. J'ai adoré celles d'un intervenant irlandais qui nous parlait d'Oscar Wilde et qui utilisait ses mains comme pour nous transmettre *mano a mano* son savoir. Les siennes sont grandes aussi, et fortes. Il n'a pas d'alliance. Juste une trace d'alliance…

– Je m'appelle Antoine Bensousan, il me dit en tendant la main droite, celle que je regardais en douce à l'instant.

Je regrette d'avoir foutu mes doigts sur l'herbe dans le parc, d'avoir de la terre coincée sous les ongles et les mains sales. Je prends cette main et la serre :

– Enchantée, je réponds. Salima Aït Bensalem…

– Tu n'as pas cours aujourd'hui, Salima ?

Cette situation me plaît : je raconte ce qui me passe par la tête :

– Non. Aujourd'hui, c'est quartier libre, et exercices pratiques.

– Ah bon ?

– Ben oui, je dois chercher un stage…

– Ah… et dans quel domaine ?

– Ben… la librairie…

– Oh, j'aime beaucoup lire. Les journaux, surtout.

Qu'est-ce qu'il me raconte celui-là. Les journaux. Je m'en fiche, moi.

– Et toi ?

– Moi… Je lis beaucoup de romans. J'aime beaucoup lire, c'est vrai.

– Ça te permet de t'évader ?

– Non… de mieux comprendre la réalité.

Et toc. Prends-toi ça dans la tête. Arrête de me prendre pour une fleur bleue, égarée dans la grande ville…

La croisière continue sereinement. Jusqu'à je ne sais plus quel moment. Antoine Bensousan, ce con, se met à écraser l'accélérateur. Le compteur dépasse les 130 km/h. Ses sourcils sont froncés et il a un regard autre. Et là, d'un coup, je suis prise d'une peur panique. Il peut m'emmener loin de chez moi, me kidnapper. Personne ne le saurait jamais ? J'vais imploser ou sauter par la fenêtre ! *Arrête de délirer, Salima. T'es pas James Bond.* C'est vrai, ça. Alors, y a plus qu'à s'en remettre au destin. Je me mets comme une folle à prier intérieurement, attachée à mon siège, en répétant en silence : *Plus jamais, c'est la dernière fois…*

Je crois qu'il a dû sentir que j'étais crispée, parce qu'il me dit :

– Tout va bien ?

Est-ce que j'ai l'air d'aller bien ? J'ai l'air d'une chienne enragée, trois litres de transpiration se déversent sur ton siège en cuir. J'ai l'air d'aller bien ?

– Oui, oui… merci.

J'ai envie d'ajouter « Crétin ».

– C'est juste que… Je n'aime pas trop la vitesse…

– Ah…

Il relâche l'accélérateur. Enfin. Et se détend un peu. La voiture arrive près de chez moi. Il tente de reprendre la discussion, mais je ne suis plus avec lui. Je n'ai qu'une envie, retrouver ma maison. Ma chambre. Ma mère, ma sœur. Ma cité. Ma putain de cité, celle que je voulais troquer contre un tour de manège en Benz. Je le guide jusqu'à ce que je retrouve mes repères. On n'est plus très loin maintenant.

– C'est bon, ici ça ira très bien.

Je cherche à tâtons la sangle de mon sac, qui semble s'être évaporé dans l'atmosphère, et je m'apprête à ouvrir la portière.

– Non, attends, il me dit…

Sans que j'aie le temps de réagir, il défait sa ceinture de sécurité et fouille dans sa poche. Il me tend une carte. « Antoine Bensousan – Conseiller à l'emploi. »

– Si tu ne trouves pas de stage, je peux t'aider, passe-moi un coup de fil ?

Je la saisis du bout des doigts. Je suis troublée de cette attention. Qui est-il, ce type ? Il veut quoi ? Et puis, j'ai pas besoin de sa tronche pour trouver un stage. Il insinue quoi ? Il me prend pour un cancre. Il ne sait pas qu'il en face de lui la première de la terminale L2 !

– Tu as quel âge, Salima ?

– Dix-huit ans.

Il soupire alors, et ses lèvres laissent s'échapper un bout de mot qui ressemble à « hommage », « fromage »… ou « dommage » ?

Son regard en dit long. Au moment où je m'apprête à lui dire « Allez, adieu », il ajoute d'une voix incertaine, l'air hésitant :

– Je sais que je ne devrais pas, mais permets-moi de te dire que je te trouve très jolie.

Une sensation étrange traverse mon dos, mon ventre et vient mourir sur ma nuque.

– Je dois y aller, là. Ma mère m'attend…

Il me regarde encore. Je suis comme scotchée. Impossible de décoller, pourtant faut que je bouge de là. C'est vrai qu'il est beau, ce vieux. Un visage bien fait. Des yeux clairs. Une voix profonde et forte. Il faut que j'attrape mon sac et que je m'esquive parce que soit je rêve, soit je suis folle, mais il me semble qu'il s'approche de moi. Je sursaute.

J'ai envie de hurler. « T'es fou ou quoi ? Espèce de cinglé... Qu'est-ce que tu veux ? » Je range la carte de mes mains tremblantes. J'ai la tête à l'envers. Le ventre dans les basquettes. Je prends mon sac à dos, ouvre vite la porte et la claque violemment.

Je cours, je cours ! Il est tard, il fait presque noir, je suis à quelques pas de chez moi, ne sais plus quoi penser. Atteindre la poignée de porte de ma chambre. Ma tour. En sécurité. J'arrive chez moi, l'ascenseur. Je passe en accéléré le scénario que je vais devoir jouer à ma mère-spectatrice. J'étais en cours, je suis allée aider Aïsha à faire ses devoirs, j'ai pas vu l'heure, sa mère nous a fait à manger...

Voilà. Tout aurait pu bien se passer...

... si ce salaud de CPE n'avait pas téléphoné pour signaler mon absence « inhabituelle ».

Quel enfoiré. Il a rien d'autre à faire que de traquer les moutons, celui-là. Demain, on va régler nos comptes. Ta femme, elle sait que tu te tapes la prof d'espagnol ?

14

La sonnerie retentit. *C'est bon, j'y vais* imma. Je grommelle, encore ensommeillée. Il est un peu tôt pour les visites, quand même ! J'ouvre la porte : c'est la sœur de Mohamed, le voisin du dessus.

– *Salam* Salima, ça va ?

Elle dépose deux grosses bises bien bruyantes comme je les déteste sur mes joues, qui virent alors couleur pomme d'amour.

– Ça va bien l'icole ?

– Ça va, merci…

– Ce soir *inchallah*, tu viens avec ta mère, on fait le *siboh* du fils de Mohamed dans la salle du Centre social, *marhababikoum*.

Elle me fait rire, ça fait des années qu'elle est là mais elle a toujours un de ces accents…

J'entends les claquettes de ma mère sur le carrelage, derrière, elle arrive tout excitée.

– *Dourli, dourli*, Fatima !

– Vas-y entre, Fatima. Viens boire le thé, je dis par politesse.

– Non, *choukran ralti*, ji dois y aller… Ji encore du monde à inviter.

Ma mère insiste, Fatima entre quelques minutes ; ma mère crâne et lui montre la nouvelle télé qu'on a achetée hier… Ma sœur est plantée devant, en train de mater les clips. Elle a du mal à se bouger, elle aussi. Moi je les laisse dans le salon, prétextant mes devoirs.

★ ★ ★

– Vite, *imma*, on va être en retard !

En fin de journée, ma mère enfile sa djellaba rose, ajuste son foulard et s'embaume d'un parfum à faire éterner l'immeuble entier. Elle s'immobilise devant le miroir accroché dans le couloir et s'examine un peu. Elle le fait si rarement… Puis, elle extirpe un morceau de coton blanc de sa poche et dépose un peu de salive sur sa surface délicate. Elle s'en va ainsi apprivoiser le trait de khôl indocile qui s'échappait du coin de son œil céleste. Elle se regarde. Et dans un jeu inattendu de mise en abyme, je la regarde se regardant. Elle est belle… Malika.

Son regard noir et profond. La fatigue d'une vie vouée à ses enfants se devine à peine sur son visage. Ma mère. Son immuable présence à nous. Ma vieille. Est-il possible qu'elle soit femme en dehors d'être une mère ? À quoi rêves-tu le soir ? Et quand la maison est vide, où se promènent tes pensées ? J'aimerais pénétrer tes songes. On a sûrement dû partager les mêmes aventures chimériques, pendant ces neuf mois passés l'une dans l'autre. Eh, dis-moi. Que se passe-t-il en ce moment, de toi à moi ? Depuis mon mensonge de l'autre soir, ça fait déjà quelques jours, le regard que tu portes à mon égard a changé. Ta confiance en moi s'est comme abîmée. Je ne suis plus la petite fille de tes rêves, on dirait.

Nous restons quelques instants ainsi, puis elle s'active à nouveau. Elle cherche un présent à remettre à nos hôtes. Difficile, à cette heure tardive, de courir au bazar du coin. Malika finit par extirper du balconnet de son soutien-gorge un billet rouge, qu'elle glisse dans une petite enveloppe. Pas très personnel comme cadeau, mais bon... Elle me tend un stylo.

– *Imma*, faudrait que tu ailles au cours du Centre social pour apprendre le français ! Je vais pas toujours être là.

Une phrase de trop, je crois. En ce moment, je devrais me faire petite avec elle... Elle me lance un regard assassin :

– *Scout, scout, yalla*. Marque que ci de notre part, hein !

Sûr, faudrait surtout pas qu'une voisine s'attribue l'offrande... Elle appelle ma sœur, l'implore plutôt :

– Louisa !

Celle-ci, scotchée devant Internet, n'a pas du tout envie de venir. Elle préfère s'exiler dans une vie virtuelle ou échanger des syllabes et des onomatopées avec d'autres sans-visage :

– Non, c'est bon *imma* ! J'ai vraiment pas envie de parader devant les femmes de la cité.

Moi non plus, j'ai pas envie d'y aller, je voudrais hurler. Mais qui sera là pour accompagner la princesse au bal, ce soir ? Qui sera son accoudoir, la canne à sucre sur laquelle se reposer, sa confidente à la confiture, ce soir ? Qui sera sa fierté ambulante, malgré elle, ce soir ? Je peux pas ne pas jouer ce rôle.

Alors, j'ai mis une tunique bariolée au-dessus de mon jean, attaché sagement mes cheveux sur le haut du crâne en un chignon géométrique, et j'attendrai que ça se passe. Je referme la porte derrière nous, direction le Centre social, à quelques pas de là.

On traverse le quartier pour atteindre le lieu du rendez-vous. Des rythmes enflammés et des youyous s'échappent déjà des fenêtres calfeutrées de la salle d'activités.

C'est Nadège qui nous accueille sur le pas de la porte décorée, une datte et un verre de lait porte-bonheur à la main, qu'elle nous tend en signe de bienvenue ; elle est vêtue d'un somptueux caftan doré qui s'étale sans gêne sur l'asphalte.

– *Salam*, Najète, dit ma mère en l'embrassant et en la félicitant mille fois dans sa langue natale.

« Najète », c'est l'épouse de Mohamed ; ce soir, ils fêtent la circoncision de leur fils. C'est une Française, alors tout le monde l'appelle Najète pour faire comme si c'était une de chez nous. Elle s'est fait une place discrète dans notre monde. Elle a la paume des mains ambrées au henné, les cheveux rougis au parfum de rasoul, la pudeur et la démarche des jeunes mariées en fleurs... Moi, je la nomme Nadège. Ici, tout le monde croit qu'elle a appris notre langue par amour, en un clin d'œil, comme on apprend à respirer, mais moi je connais le manège : Nadège, semblable à nous toutes, toujours sourit et répond...

– *Choukrane Khalti, choukrane!*

... sans comprendre un mot du reste.

Elle nous ouvre la porte et nous invite à entrer. Ce soir, comme par enchantement, la salle des enfants a été transformée en un palais des mille et une nuits. Des tapis rouges et verts recouvrent le carrelage. Des tissus aux couleurs sable et or tapissent les murs. Des bougies parfumées apaisent les esprits. Les odeurs du poulet aux olives mêlées au parfum d'encens imprègnent instantanément les tissus de nos vêtements et notre peau. Il y règne une chaleur presque insoutenable, comme si l'on pénétrait dans la première pièce d'un hammam.

« *Salam Aleykoum* », à cent visages tendus vers nous. J'ai les joues rouges... Nadège nous devance, et je la suivrais à cet instant au bout du monde tandis que ma mère, vêtue de sa plus belle robe traditionnelle, avance entre les rangées en se dandinant un peu et en souriant aux étoiles. Elle salue les dames, les enfants, les jeunes femmes, le monde entier si elle le pouvait ! Je les regarde, toutes. Elles s'embrassent très fort, elles s'interpellent très fort et elles s'expriment avec de grands gestes. À croire qu'on a atterri au beau milieu d'une assemblée générale de sourdes...

On me désigne deux sièges à une table, je prends place sans plus attendre. Je reconnais des visages, leur souris en retour en baissant un peu les yeux. Ce sont pourtant des portraits que j'aime à regarder et que je voudrais toujours immortaliser. Ce sont des cheveux rouges qui s'échappent des foulards desserrés, des peaux un peu fatiguées. Des sourires larges qui laissent apparaître une canine ou une prémolaire en or, offerte par leur époux en guise de dote. Malika est sur son nuage, ce soir. Elle craignait qu'on ne l'invite pas à ce rendez-vous bienheureux. Les mariages, les baptêmes, les départs et retours à la Mecque des anciens et toutes ces fêtes traditionnelles sont des événements précieux pour la communauté, surtout pour les femmes, qui s'en donnent à cœur joie, corps et âmes réunis.

– *Salam*, tu i la fille de Malika ?

La femme qui est à ma table me regarde avec un sourire mêlé de tendresse et de curiosité. L'œil est un élément clé de notre culture : l'œil et le mauvais œil... Je repense à la fois où ma mère m'a donné du sel pour me protéger de lui – paraît qu'on peut se réveiller un beau jour avec de véritables cornes sur la tête, sinon !...

Cette femme-là, en tout cas, m'inspire confiance. Je lui souris et acquiesce.

– *Mashallah*, ji suis la grande grande sœur de Mohamed qui fi le baptême ce soir. Ji suis une vieille copine de ta mère, j'ai déménagé à Dunkerque, ça fi longtemps je li pas vue ! Je ti connue tu étais petite comme ça ! *Mashallah !*

Dans l'expression de sa voix, je sens la nostalgie de son adolescence passée en France et l'émerveillement de voir-de-ses-yeux-voir des preuves tangibles du temps qui passe.

– Ça, ci ma petite-fille, Myriam, elle me dit en désignant la jeune fille à ses côtés.

– Je m'appelle Maria, pas Myriam !

– Ça y est, ça y est, c'est pareil toi aussi...

Elle s'approche de moi et chuchote tout bas :

– Parce que mon fils, il est marié avec Sophia, ci une Française alors, ti comprends...

Je souris en hochant la tête, faisant mine de compatir. Puis, sans que je ne lui demande rien, elle poursuit la biographie familiale :

– Et là-bas, celle qui danse avec le foulard, ci ma fille, et avec elle, ci ses filles. La plus grande elle est en médecine, à la faculté. Elle va être un grand médecin, *inchallah*.

J'aperçois alors une grande femme aux cheveux longs et blonds, qui s'adonne à la danse ; elle est en jean et porte un foulard sur la taille, pour mieux en dessiner les contours. La voici ondulant, se déhanchant langoureusement sur la musique ensorcelante. Ses filles se tiennent près d'elle, comme nous toutes ce soir, près de nos enfanteresses. Elles dessinent un cercle merveilleux à l'intérieur duquel une vieille femme danse. Cette dernière bouge si fort son vieux corps et ses vieux os que je les entends claquer d'ici. Je lis dans la prunelle de ses yeux les souvenirs heureux de sa nuit de noces, qui remontent jusqu'aux limites de sa mémoire défectueuse tandis qu'elle danse et danse encore.

Ma voisine poursuit son tour d'horizon. Elle me présente, au centre, le petit Mohamed junior qui a subi le rituel initiatique, perpétuant ainsi le rite sacré. Il est assis sur un trône doré, vêtu d'une djellaba taillée pour son corps de petit garçon et d'une cape de Zorro andalou. Il joue à la *Playstation* et se fiche du brouhaha. Autour de lui s'agitent des Mohamed aux myrtilles, des Maria à l'huile d'olive, des Solange aux oranges et des Sandrine au thé vert. Mon esprit, un peu envieux, s'attarde sur cette nouvelle génération ; je me dis intérieurement que tout ce que je n'ai pas su faire, ils le feront sûrement mieux que moi, les enfants de nos enfants. C'est une relève qui arrive en silence…

J'aurais pu passer ma soirée tout entière ainsi, à apprendre l'arbre généalogique de la famille Zoubir, mais ma mère débarque enfin. Ouf. Sauvée. Ce sont des cris de retrouvailles qui s'élèvent lorsqu'elles font se percuter leurs joues respectives. Malika m'oublie. Et moi, je suis bienheureuse de la sentir vivre en dehors de moi. Ça me rend ultra-légère, insouciante. Ensemble, près de moi, elles font revivre leurs premières années de jeunes mariées, immigrées en France, et font le point sur le contenu de leurs existences en louant Dieu de leur avoir épargné les choses atroces, et en se disant que finalement tout va bien, *Al Hamdoulillah*.

Des youyous retentissent. Ça veut dire que la fête va pouvoir vraiment commencer, et les invités se mettre à danser... Malika a les joues rouges. Elle a chaud. Je sais déjà. Elle va se lever et danser, danser, de toute son âme, de toute sa force. Elle va se donner ainsi aux caprices de la flûte enchantée et au martèlement du Bendîr. Elle danse déjà...

Et moi, je me demande sérieusement ce que je fous ici. Avec cette musique à fond dans les oreilles. En plus, il fait chaud... Ma voisine me soûle. J'aimerais pouvoir m'abandonner à mes rêves, peinarde. Je me lève d'un coup et me dirige vers la sortie, histoire de m'aérer un peu. Tout le monde est occupé. Personne ne me remarque, alors.

Dehors, il y a quelques hommes, quelques garçons. Je suis gênée de les croiser, on fait comme si on ne se connaissait pas... je trace, je trace. J'ai juste besoin de voir la lune. C'est tout. Je reviendrai sagement à ma place ensuite. Ni vue ni connue.

15

C'est vrai, il fait froid. Mais je préfère être ici, comme un gars. Dehors. La jambe appuyée contre un mur, devant l'entrée de la tour 75. Mes oreilles endolories se reposent de tant d'agitation sonore. Je préfère être seule. Enfin...
Depuis mon escapade de l'autre fois, je n'ai pas eu le temps de revivre en rêves ce qu'il m'était arrivé. Cette rencontre inattendue. Avec un vieux. Qui me voulait. Que je ne veux pas. Ce souvenir me trouble. J'en ai peur. J'en ai besoin. Pour une fois qu'il se passe quelque chose sur la surface de ma peau caramel ! J'ai dormi comme un ange ce soir-là, je me souviens... En y repensant, j'inspire profondément et mon ventre gonfle, ma poitrine se soulève.
Tout à coup, j'entends au loin des pas. Quelqu'un marche dans ma direction. Ils sont même deux. Et là... je suis prise d'une peur panique... Je me redresse, puis m'agenouille et fais mine de faire mes lacets ou de chercher quelque chose. Je ne sais plus moi-même ce que je fous à même

le sol. Ils sont deux. Rien de grave, *a priori*. Si ce n'est que…
je reconnais une silhouette. Grande et mince. Cette fois-ci, ses bras ne portent pas de cabas. Ni de sacs de course.
Thomas. Il arrive, il est là…

– Salut, Salima.

Je lève la tête, il s'est arrêté et s'adresse à moi. À moi ?
Oui, à toi andouille ! Reste tranquille. Je suis rien, je suis nulle, je suis à terre…

– Salut…

Le type qui l'accompagnait s'est arrêté plus loin, parle au téléphone en faisant de grands gestes.

– Tu fais quoi là, toute seule ?

C'est vrai que je dois avoir l'air pas nette. À cette heure tardive, devant l'entrée d'un immeuble, à quatre pattes. Seuls les chiens rôdent ainsi.

– J'ai perdu mon pendentif…

– Ah bon ?

Il se penche comme pour m'aider…

– Non… C'est bon, je l'ai trouvé… il est dans ma poche.

Une idiote. Une grosse tarte à la connerie. C'est tout ce dont je dois avoir l'air. Je me relève.

– En fait, j'accompagne ma mère à la fête du Centre social, mais j'avais besoin de prendre l'air…

– OK…

Il ne dit rien d'autre. Il est là. Je suis un peu troublée. Sans trop savoir pourquoi. Je crois que c'est parce qu'il connaît mon secret. Il a vu mes larmes, l'autre soir. Il a eu pitié, c'est pour ça qu'il est venu me parler. Certainement.

Jusque-là, tout se tient. Mais alors, pourquoi ma jambe se met à trembler, d'un coup ? J'en ai rien à faire de ce drôle de gars. Sorti de nulle part. Il n'est pas beau. Il ressemble à un ver de terre. Grand. Maigrelet. La peau très blanche. Tout l'inverse de ce que je suis. Un petit bâton dans la bouche, façon James Dean raté. Il porte un survêt' un peu vieillot. Des basquettes un peu arrachées sur le côté...

– T'es en cours, en ce moment ? il me demande.

– Ben oui... je suis en terminale littéraire...

– Ah, bien joué. T'as intérêt d'assurer... Moi, je fais rien. Je vais arrêter les cours cette année. Je vais faire une formation, un truc dans le genre...

J'ai envie de lui dire : *Si tu veux, je t'aide. À chercher une formation. À réussir ta vie. À deux on s'aidera, on pourrait...* Mais je ne dis rien, cette fois.

J'ai plus envie de jouer les assistantes sociales. C'est la deuxième fois qu'on se parle. On ne se connaît pas. Mais on en aurait peut-être, des choses à se dire... si une boule imbécile ne traînait pas là dans le fond de ma gorge. M'empêchant de parler. De dire des trucs intelligents. De le toucher avec les mots pour qu'il ne me prenne pas pour une pleurnicharde.

– Ah bon.

Elle est nulle, ma réponse.

– Et toi... je lance au hasard, pour me rattraper...

– Moi ?

– Ouais, toi... ça va ?

– Ouais... Je me balade, quoi. Y a rien d'autre à faire...

(Silence.)

– Au fait, il reprend. Je t'ai vue, y a pas longtemps.

Je sursaute. Il m'a vue ? Il me regarde et me cherche, alors ? Je rougis un peu. Je ne devrais pas...

– Tu descendais d'une merco bleue... Et puis t'as couru, t'es passée devant moi, tu m'as même pas dit bonjour.

Un frisson me parcourt le dos. Mais de quoi il me parle, celui-là. C'est ma vie. À moi.

– Ah, ce jour-là... Ouais... c'est le frère d'une copine qui m'a déposée en bagnole, j'étais super en retard.

Et là, je suis pas à l'aise. À l'idée que quelqu'un ait pu me voir dans cette situation étrange. Tremblante. À courir.

– Si t'as un problème, t'hésite pas, on va t'aider...

Je rêve. Il veut quoi, jouer les grands frères ?

– Non, vraiment, tout va bien...

– OK.

Il vient de jeter un froid dans notre discussion... D'ailleurs, je croise les bras pour protéger mon buste sur lequel souffle un vent glacé. Je tremble un peu et puis beaucoup. Allô maman, bobo. Il ne dit rien pendant quelques instants. Il se tourne vers l'immeuble, appuie sur l'interphone, quelqu'un répond. Il se racle la gorge :

– Ouvre, c'est Thom.

Un « bzzz » retentit. Il pousse la porte.

– Vas-y, entre, on attend là si tu veux... t'auras moins froid.

Je passe devant lui, tout près de lui, à peine à quelques centimètres. Et entre dans la cage d'escalier. On reste là quelques instants. Sans rien avoir à se dire... Subitement, je pense à ma mère, elle va peut-être me chercher, se demander encore où je suis. Tout le monde va se mettre à me chercher. Dans les cuisines, les toilettes, sous les tables...

Et puis cette image, je la zappe aussitôt. Je m'en fiche. Il fouille dans ses poches et en sort une cigarette. Il me la tend. Je dis *Non, merci*. Il l'allume et tire une bouffée... qu'il rejette loin devant. Un nuage d'intimité nous enveloppe à chacune de ses bouffées. Mon regard s'attarde un peu sur la barbe qui naît, juste là, à la surface de sa peau d'ange... Et aussi, tout de même un peu, sur ces grands yeux, immenses même, dans lesquels je pourrais plonger tout entière.

– C'est ici, ton QG? je lui dis comme ça.

Il s'appuie contre le mur, à côté de moi.

– Mon QG, c'est la cité. Je connais plein d'endroits... Et toi? Tu traînes où?

– Moi...? Souvent je marche, jusqu'à la cité d'à côté. Je tourne un peu en rond...

– Ouais...

Silence. Une taffe de sa jolie blonde. Et il reprend:

– Je vois, tu bouges avec une fille, une brune... Je l'ai déjà vue plusieurs fois. Comment elle s'appelle déjà?

Un sentiment trouble m'envahit. Qu'est-ce qu'elle vient faire ici, celle-là? Pourquoi il la regarde? Et elle, pourquoi elle se laisse regarder?

– Aïsha.

– Ouais, c'est vrai... Aïsha...

Je ne suis plus très à l'aise dans cette conversation. Je comprends pas pourquoi il m'amène ici pour me parler d'elle, que d'un coup je déteste. Une voix s'agite en moi. *Vas-y, Salima, arrache-toi d'ici, va rejoindre ta mère, t'as rien à faire avec un ver de terre.* Je suis prise entre deux feux. Comme on dit. Je sais plus quoi faire.

Et d'un coup, les lumières s'éteignent ; la minuterie s'est arrêtée. La nuit nous appartient… Des fourmis parcourent mon ventre. À présent, nous sommes dans le noir. Total. Tous les deux adossés contre le mur. Plongés, nos corps apeurés, dans un marc de café. *Il* est à quelques centimètres de moi. Je sens *son* être près du mien. Je devine *son* odeur. *Il* devrait deviner la mienne, s'il se concentre un peu. On ne parle pas. Il suffirait que l'on tourne à 90 degrés chacun pour se retrouver comme j'en rêve. Mais non : haut les mains… que personne ne bouge. Et dans ce silence majestueux, il se passe alors mille et une choses à l'intérieur de mon crâne. J'implose. Je deviens toute chose. *Il* se retourne un peu et me regarde, c'est sûr. Je vois ses yeux qui scintillent dans le noir. Alors je regarde mes chaussures. Mon cou se prépare à accueillir une rose délicate, peut-être ?

Toc toc toc. On sursaute en même temps. Une ombre surgie de derrière la vitre donne des coups contre la porte de l'immeuble. Moi qui nous croyais sur une île déserte… ça n'est donc que Thomas, près de moi ? Rêveuse à deux sous, va. Il se redresse. Moi, je m'effondre.

Il ouvre la porte, sort et se met à parler à voix basse avec le type qui l'accompagnait tout à l'heure. Je le suis, alors.

Il fait noir dehors. Thomas semble gêné... Ils font comme si je n'existais pas. Son collègue a le visage caché sous une large casquette, le corps emmitouflé dans un blouson large. Il tend son téléphone à Thomas... et là, je reste sous le choc : sa main, sa main... se prolonge par des ongles longs, infiniment longs, fins et vernis.

Stupéfaite. Je. Suis. Je cherche encore, je traque comme une furie des indices sur son corps. Je voudrais lui sauter dessus, ouvrir son blouson, défaire sa chemise, toucher ses formes. Quelques mèches longues dépassent de sous sa casquette. C'est pas un type, son copain. C'est une fille... et elle a l'air en colère. Je balance à Thomas un *Bon j'y vais*. Il est là comme un con. Il ne me retient pas. Je le déteste.

16

On vit un moment important. Il est midi. Personne dehors. C'est la fin du monde ? On s'interroge, on s'inquiète, on s'enquiert. Tout le monde sort de son silence, ose avancer sur les trottoirs et s'aventurer jusque dans les chaussées désertées. Les voitures sont arrêtées. Les journaux nous ont annoncé qu'une éclipse solaire interviendrait dans le ciel. Je suis heureuse. Et un peu en panique. Parce que j'ai paumé mes lunettes spéciales… Alors, je ne peux regarder le soleil et la lune ne faire qu'un, je risquerais de me brûler les yeux face à tant de beauté. C'est ce que dit la jolie blonde assise dans la télé, sur la une. Je cherche comme une dingue dans les tiroirs du buffet. Dans mon sac. Je défais tout sur mon passage… Ma mère, debout dans la cuisine en train d'éplucher de jolies tomates qui ne lui ont rien fait, gronde. Je fais les cent pas. Rien n'y fait.

– Qu'est-ce que tu fous Salima, on va être en retard !

Aïsha s'impatiente à mes côtés. J'ai envie de lui balancer *C'est bon lâche-moi.* Je lui en veux. Elle ne sait pas pourquoi.

Naturellement, elle a apporté sa jolie paire de binocles, soigneusement rangée dans une pochette de cuir bordée d'une lanière dorée. Comme pour me dauber, le rouge du cadre est assorti à la couleur de sa robe-Lolita. Et moi je suis rouge de jalousie, mal à l'aise dans mes fringues démodées, probablement taillées durant une certaine période préhistorique. J'suis pas bien, alors je m'acharne à rechercher cette foutue paire de lunettes qui, j'en suis sûre, doit traîner quelque part par là. Ou ici. C'est sûr : je vais la retrouver, parce que j'ai la haine. Parce que je crève de voir des choses merveilleuses, histoire de m'aérer un peu, en assistant à l'un des plus beaux spectacles offerts par Monsieur Univers. Pour une fois que nul homme, nulle machine n'en est à l'origine. Pas de billetterie. Pas de droit d'entrée. Cadeau du hasard. Le soleil et la lune, le jaune d'œuf et le blanc, la chaleur, la transparence... le jour la nuit, à midi. Comment ne pas foutre son regard dans le ciel chargé de nuages noirs ? Il va faire nuit en plein jour ! Ce dont j'ai toujours rêvé. C'est l'heure heureuse de s'endormir, de plonger dans ses rêves, de veiller toute la journée avec ceux qu'on aime. Aïsha m'aide un peu :

– Je crois que t'es dans la lune, déjà ! elle me lance en riant.

Moi je voudrais la claquer contre le mur. J'ai pas la tête à déconner.

Tant pis. J'y vais quand même. On escalade quatre à quatre les marches de mon immeuble, on se retrouve devant une grande porte. Des gamins l'ont forcée. Un pas devant l'autre, nous voici sur le toit de notre monde. Ouh là. Ça fait Superman. On s'avance vers la rambarde, c'est vrai, ça fout un peu le vertige de vivre sa vie d'en haut. Aïsha me tient le bras et je la laisse faire. Et puis, finalement, l'instant T arrive.

Toutes les deux, dans un réflexe commun, on relève la tête. Abandonnant ainsi nos pupilles au ciel de théâtre. La ville est grise. Comme toujours. Mais là, il fait de plus en plus sombre... Je me concentre. Il va se passer quelque chose ! Est-ce la fin du monde ? Et si on mourait tous là comme des cons. Et s'il ne restait plus rien à vivre. Et si on crevait tous sous l'éclipse. L'énigme de la vie résolue. Enfin. Je ne me révolterais pas, non. J'ai peur, j'ai confiance. Si les choses commencent... je lèverai les bras et m'agenouillerai en versant des larmes, identiques à celles abandonnées sur le siège de la voiture de Claudie.

Il fait très sombre. Les gosses des voisins chahutent un peu. Comme une vieille prof, j'ai envie de leur dire de se taire. De respecter le silence. Le spectacle de la nature. Je n'ai pas peur. J'attends. Je n'ai pas de jumelles ni de télescope. Mais j'ai des mains et des mots qui résonnent dans la tête : je suis là-haut dans le ciel, avec la lune et le soleil... je les aide à s'aimer, il fait sombre sombre. Un peu chaud. On est mille dehors ; je suis comme seule avec l'étoile et le satellite. Je ne me sens pas mal. Je pourrais être mieux... L'éclipse, c'est ça ? Il fait sombre, et puis ensuite, plus rien ?

Je suis un peu déçue. Je m'attendais à un noir total. Phénoménal. Mais rien de tout cela. La lune et le soleil sont passés l'un près de l'autre, et puis c'est tout... Happy end. *On n'a pas mouru.* Dommage. Retour à la case départ.

De longues minutes s'écoulent dans un « chut » intersidéral. Aïsha et moi sommes assises sur le petit muret, ni l'une ni l'autre ne se hasarde à assassiner ce vide qui enrobe et définit si bien nos existences. Nous restons sans doute longtemps ainsi, car quand Aïsha rompt ce silence, les mômes qui squattaient là s'en sont allés. Peut-être sont-ils déjà plongés dans leur bain à bulles (demain, y a école). Ne restent que deux folles, là-haut, plantées aux portes du royaume des nuages.

– Bouh !

Aïsha fait des siennes. Je me laisse surprendre par cette farce *made in* Aïsha-Land. Un jeu commence.

– Ça te dit de faire la roue ?
– Faire la roue ? Ici ?
– Ben, ouais !

Mam'zelle Aïsha se lève d'un bond, lance les bras au ciel et fait un pas en avant : elle prend la position d'une fleur printanière. Je me dis qu'elle déconne. Qu'elle ne va rien faire, parce qu'elle porte une jolie robe rouge et que ses jambes sont nues. Oui... sûr de sûr, elle bluffe.

C'est ne pas la connaître ! Voici qu'elle donne une vive impulsion à ses jambes et qu'elle fait basculer son corps tout entier vers le sol. Youpla ! Une roue volante vient de passer par là, s'écraser par ici. Ça nous fait marrer.

– Atterrissage complètement loupé ! La poisse !

Elle est à terre, sa jolie robe parsemée de poussière de ciment. Je m'approche d'elle et l'aide alors à se relever en lui tendant la main.

– T'es complètement folle ! je lui dis en époussetant le tissu merveilleux.

On s'attarde encore sur le muret des secrets. Je lui raconte un peu cette partie de ma vie à terre, comme sa jolie tentative de cabriole, foirée… L'échec de l'entretien dans cette boîte qui emploie pourtant une grande partie des glandeurs de la ville.

– Mais Salima, t'as perdu la tête ? elle s'exclame.

Je sursaute. Aïsha est hors d'elle :

– Tu veux t'angoisser chez « Propr'Services » ? C'est n'importe quoi !

Elle me dit que c'est ridicule, qu'elle, elle aurait donné toutes ses fringues (même ses pyjamas) pour pouvoir faire des études comme les miennes. Elle ajoute que vraiment j'ai des idées bizarres parfois, que je mérite sûrement des claques. Que je n'ai pas besoin d'argent pour m'acheter de beaux vêtements : elle va customiser mes vieilles sapes, et vive le recyclage. Les garçons adorent.

Ah bon ? Et là, mine de rien, je lui glisse que j'ai discuté avec un gars un soir, qui la connaît. Elle me demande de qui il s'agit. Je le décris. Elle pousse un cri d'épouvante :

– Ah, ce grand mec, là, qui squatte le quartier toute la journée ?

– Il ne squatte pas le quartier, je l'avais jamais vu ici…

– Dis plutôt que tu l'avais pas regardé ! Bon, au moins t'as zappé ton amoureux du collège, c'est déjà ça…

On reste encore un peu là-haut. Je rêvasse alors. C'est sûr, lui et moi, on se croisera comme des idiots, sans rien avoir d'autre à s'échanger dans les couloirs délabrés que des regards insignifiants. Aussi je me dis que peut être, la prochaine fois (si l'on se rencontre comme en rêve), surgira du fond de nos songes le son déchirant d'une harpe. En guise de décor de cette scène romano-grotesque, les graffitis des jeunes en mal de vivre qui niquent la société et l'écrivent sur nos murs, tapissant ainsi nos cloisons sordides de leurs cris déchirants. Artistes en délire de nos cages d'escalier, saccagés.

Il commence à se faire tard, Aïsha meurt de faim. Alors on s'arrache, avant que les p'tits loups de la cité ne surviennent. Canettes en fer et chaînes en or. G*ling gling, Pan pan, bougez de là, les gonzesses. C'est notre territoire. Allez faire la vaisselle.* Et ici, clandestinement, ils vont refaire sans le savoir leur tour du monde en rêves, assis autour d'un jeu de scrabble, vingt-six lettres de l'alphabet pour exprimer leur rage de vivre, et autant de bouteilles vidées pour ne plus rien ressentir.

17

J'ai reçu une lettre. Sur l'enveloppe, l'expéditeur a indiqué soigneusement « Mademoiselle Salima Aït Bensalem », écrit à la main, un peu penché. Je préfère ça aux étiquettes et publipostages noir et blanc, frénétiquement cadrés. Ça veut dire que la personne s'adresse vraiment à moi.

En l'ouvrant, j'y découvre un carton de couleur parme. Je me dis que c'est sûrement une invitation à partager un repas de quartier en l'honneur des vieux du foyer. Ou un faire-part de naissance de la part de la Vierge Marie. Peut-être une demande en mariage d'un prince sans cheval blanc ? Je lis : « *Nous avons la douleur de vous annoncer le décès brutal de votre dentiste, madame Leconte* ». Et d'un coup, j'ai trop chaud dans mon manteau et mes mains deviennent moites. J'ai laissé la porte ouverte et le sac de cours bidon me crève l'épaule.

– Salima ? *Sdi l'bab !*

J'obéis et ferme la porte sans trop réfléchir. Je me dis intérieurement *Je suis vivante* en avançant dans le couloir pour rejoindre ma chambre… Je laisse tomber mon sac sur le sol, et m'assois au bord du lit. Je m'en fiche, d'elle. Mais c'est juste qu'elle m'avait donné rendez-vous dans quelques mois… et là, ça veut dire qu'elle n'attendra plus. Je me vois rester comme une folle dans la salle d'attente, à nourrir mes propres angoisses.

— Qu'est-ce qu'il t'arrive ? T'es sourde ou quoi ?

Ma sœur me fait de gros yeux, elle me parle depuis quelques secondes, mais je suis comme déconnectée, en apesanteur dans la stratosphère.

— Ouais, non, je lui dis, je suis fatiguée. Demain j'ai un DS en français, je flippe un peu, c'est tout.

En fait, je me dis que c'est pas possible cette blague, puisque là tout de suite, dans mon imaginaire, je la vois très bien : c'est elle, là, son sourire, sa blouse blanche. Je reconnais aussi ses sourcils un peu froncés quand je suis en retard. « Décès brutal. » Ça veut dire qu'elle était là, et que la seconde suivante son corps a été aspiré par ses pires cauchemars sans avoir eu le temps de dire Je t'aime, Au revoir, Dégage. Mais où a-t-elle bien pu passer ? Une chose est sûre, la roulette ne s'égosillera pas de sitôt pour moi. Ça devrait me soulager. *Sérieux, Salima, ressaisis-toi bordel. C'est complètement ridicule.* Je me dis que je pourrais comme elle disparaître, cette nuit. Personne ne le remarquerait, c'est sûr. Même pas *l'autre*. Je suis bien trop légère, comme une bulle de savon.

Quelques instants sans bouger. Et puis je me décide enfin à tomber le manteau, le pull, les pompes. Je pense à Louisa, ma sœur, ma voisine de chambre. Un bout de moi en elle, un bout d'elle en moi. Je me dis qu'on ne fait plus rien ensemble. C'est vrai. Depuis longtemps. Je me dis qu'on se croise, qu'on se traverse, mais qu'on ne se regarde même pas. On ne partage plus nos jeux et nos rires d'antan. J'ai envie de lui dire *Viens, on va jouer dehors sur les balançoires*. Comme avant.

– Louisa...

Elle répond, machinalement :

– Ouais...

– Ça te dit qu'on aille à la piscine dimanche ?

Elle, interloquée :

– T'es folle ou quoi ? J'ai pris au moins trois kilos, y aura toute la bande à Magyd. Je peux pas !

Je l'imagine déjà. Alors je la laisse là, occupée à colorier les ongles de son corps à l'encre de ses désirs d'être la plus belle. Une discothèque sonore posée sur les oreilles.

De mon côté, je regarde de temps en temps le carton, peut-être que j'ai mal lu, peut-être que ce soir je dormirai bien... Mais non. C'est bel et bien écrit. En italique, avec le nom du docteur en gras, centré. Police 14. Je ne la connaissais pas vraiment, au fond. Mais elle avait forcément une vie en dessous de sa blouse blanche. Alors, ce soir je vais sûrement la faire venir dans mes rêves. Je pense à son assistante qui a dû préparer ça à la place des feuilles de soins de la sécurité sociale. Elle a dû choisir scrupuleusement la couleur, les bons mots et le bon format pour le texte.

En enfilant mon pyjama, je me dis que décidément, je ne réviserai pas pour le devoir sur table de demain, et que je m'en fiche total. Là, tout de suite, si j'en ai le courage, je vais écrire une lettre au docteur pour lui dire comment elle a fait de ma bouche une princesse en la couronnant à merveille, et lui promettre de me brosser mes trésors d'émail chaque soir de la vie, jusqu'à mon dernier souffle.

Je m'allonge sur le lit et convoque Jaromil pour une balade poétique dans les méandres de la Tchécoslovaquie communiste, entre les bras de Kundera.

Je me dis que c'est vraiment vrai. Qu'il ne faut pas avoir peur de vivre, de se planter. De se frotter à la vie. Parce que apparemment, tout peut basculer. Cette putain de vie est ailleurs.

18

Ça me donne envie de vomir. Ceux qui paradent avec leurs grosses cylindrées dans la cité. D'ailleurs, y a pas de quoi se vanter, ils les achètent à crédit et mangent des raviolis tous les midi. Et, moi pourquoi je ne suis pas bien dans ma peau ? J'en sais rien.

J'ai un peu chaud. Je suis en guerre aujourd'hui. Je sais pas pourquoi. Les yeux encore ensommeillés, j'observe hébétée le carré de sucre qui se désagrège dans le café brûlant. Il perd de la masse en quelques poussières de seconde et il va devenir autre. Puisqu'il paraît que rien ne disparaît, dans les lois de la nature. J'aperçois l'autre somnambule qui s'avance vers le salon : à peine sortie de sa nuit, elle s'en va dans sa bulle rejoindre sa vie en mode *Internet explorer*. Ça va être long, pour réapprendre à se parler. Je trempe ma tartine à la confiture dans le liquide noir, le visage perplexe. Je veux connaître la cause de cette rage matinale. Je me souviens juste d'un malaise en sortant de mes songes, ce matin.

Je me suis réveillée à côté de mes basquettes, comme on dit... depuis, j'ai l'humeur noire. Je lève les yeux et regarde à travers la fenêtre. Spectacle insolite : il pleut de la pureté en boules blanches. Ça recouvre les tuiles grises des maisons, la tôle sombre des voitures... Je me suis levée trop tard... dommage. J'aurais pu la voir s'étaler devant moi comme un tapis blanc posé sur le goudron. J'aperçois Claudie, là-bas, chargée de sacs et de cabas. Elle boite un peu. Je regarde le paysage. Je reconnais la tour voisine devenue dame blanche. Et d'un coup : électrochoc. De grands bâtiments blancs... immenses et calmes, pareils à nos tours d'ivoire... Des prisons à esprits... Je me souviens maintenant : j'ai été visitée par des rêves noirs, cette nuit.

Ismaël s'avançait vers moi. Livide. Il me disait : « Ça va ? Ça va ? » Dans mon rêve noir, j'avais peur de lui, il semblait détenir une force incroyable. Il tenait à la main droite une paire de ciseaux gigantesques et de l'autre, sa mallette noire reluisante. Sa tête tournait, tournait. Il se sentait le plus fort. Il disait que les ciseaux, c'était juste pour découper les articles des journaux sur la guerre dans le monde. Mais il s'avançait vers moi. Sa mère était allongée sur un matelas posé à même le sol et, entre deux sommeils, elle gémissait : « Il est normal, ne t'inquiète pas. Il ne te fera rien. Tu verras, il va te faire rire. » Mais je me souviens d'avoir eu très très froid quand il m'a dit : « Je veux partir rejoindre mes rêves. Emmène-moi de l'autre côté, on y va à deux. » En brandissant la paire de ciseaux vers mon visage. Je le suppliais. Je murmurais : « Allez, viens, assieds-toi. Je n'ai pas le permis, pas de voiture. Tiens, fume une ou deux cigarettes. » Et puis, je lui servais un café. Dans la pièce, le silence planait. J'ai appuyé sur un bouton rouge et ils l'ont emmené. Je les ai suivis en tremblant. J'attendais comme une folle derrière une porte avec des barreaux de fer. Une peluche et un cadeau à la main. Je bramais pour qu'on me laisse voir le fou, le frère fou. « Trop tard, me disait-on. Il était trop nerveux. On lui a fait une injection… » Une injection de quoi ? De sève ? De jus de papaye ? Ismaël est fou. Mais qui ne l'est pas ?

Je finis mon bol de café et me retire dans ma grotte souterraine. Je m'en vais fouiller dans mon placard à la recherche d'un tissu en coton blanc, d'un pantalon de soie, d'un gilet de sauvetage. Je veux ne plus rien faire de mon esprit, qui s'agite et qui pourrait en devenir fou à son tour, je vais juste aller prendre un bain pour me laver de ces souvenirs cauchemardesques. Je me dis que la réalité et le rêve sont comme mon sucre désagrégé de tout à l'heure. Entre le jour et la nuit, rien ne se perd, rien ne se crée. Tout se transforme. Les espoirs, les angoisses. J'espère prendre le bus avec mon fou d'ami, ce jour.

Au fait, demain je passe le permis.

19

C'est le grand jour. Après la réussite au code il y a quelques mois, je m'en vais à présent lécher les pompes d'une vieille blonde en échange d'un fragment de papier rose, couleur papier toilette.

Je m'en vais quémander une liberté de plus : celle de pouvoir confier mon corps et ma vie à un joujou à effet de serre. Une cabane sur quatre roues qui pourra m'emmener ici et là tant que je jetterai des billets bleus, verts et toutes mes piécettes dans sa gueule de ferraille. Ma fortune contre quinze minutes d'épreuve pratique sur un balai volant. Mais la sorcière peut me dire à tout instant : « Arrêtez-vous là ». M'abandonner devant la porte rouillée du métro, du bus, du train... pour encore des mois ? Voilà. Je prends ma paire de lunettes et passe la cinquième vitesse, direction le centre d'examen. J'ai pris mon walkman avec moi.

Mon moniteur est déjà sur le lieu du rendez-vous. Aujourd'hui, il a fait un effort. Il n'a pas bu un coup de trop et il sent même le baume après rasage. Il me fait un clin d'œil d'encouragement. Mais il y a un soleil éclatant, si puissant, que j'emprunte des lunettes noires à un bonhomme en fauteuil roulant qui passe juste après moi – il me les tend en souriant.

Enfin, la femme blonde aux papiers roses de mes angoisses arrive. Mais finalement, elle est brune. Elle est petite et rondelette, pareille à un livre de code à lunettes. À lunettes et aux yeux bleus, mais pas bleus comme le ciel : bleus comme le fond de la mer déchaînée. Elle dit « Bonjour » sans me regarder.

– Bonne chance ! me lance le bonhomme en fauteuil roulant.

Je lui souris, un peu anxieuse. Je réussis toujours mes examens blancs à l'école... ça ne devrait pas être très différent. Pas beaucoup dormi. Stressée ? À peine. Excitée. Pareille à un môme, la veille d'une rentrée des classes. Je m'installe dans la voiture. Et le jeu de pistes peut commencer.

Je roule dans la ville. Il y a trop de piétons aujourd'hui, je trouve. Pourquoi ne restent-ils pas bien à l'abri de la chaleur et des chauffards ? L'autoroute est assiégée par des camions qui déboîtent sans crier gare. La sortie se fait en douceur... quand une bicyclette jaillit de nulle part à quelques mètres du terminal ! Je reconnais Thomas, qui pédale à vive allure ; mon cœur fait un bond. J'écrase la pédale de frein. La voiture pile en pleine voie, et un bus manque de me rentrer dedans. Le pire est évité ; l'inspectrice ne dit rien. Mais à cet instant, je sais que c'est foutu. C'est foutu, c'est sûr. Il y a trop d'accidents chez les jeunes. Elle va me dire qu'elle ne veut pas que je meure la tête écrasée contre le pare-brise de ma future grosse cylindrée achetée à crédit...

Elle me demande de me mettre sur le côté. Et de faire une marche arrière, ligne droite. Fastoche. Et puis voilà. C'est terminé. Elle ne dit rien. Je recevrai une réponse par courrier. C'est ridicule de me laisser angoisser ainsi. Je la remercie, même si je meurs d'envie de lui tirer les vers du nez, et sors de la voiture. Même si je pense à ce crétin qui m'a fait louper mon permis ! Au même endroit, le bonhomme dans son fauteuil roulant attend. Je lui rends ses lunettes noires. Je lui souhaite *Bonne chance* à mon tour.

Je ne sais pas pourquoi, sur le retour, j'ai envie de fumer une cigarette. Comme pour faire s'évaporer les mots qui se bousculent entre mes oreilles, de les asphyxier pour les forcer au silence.

20

Le grand bal des révisions a commencé. Toc toc toc. Allez-y. Faites entrer les invités. Je vous en prie, installez-vous. Poésies en paillettes. Concepts philosophiques. Verbes irréguliers farceurs. Ah! non, vous là, stop, ça va pas être possible : géométries invariables, probabilités incertaines, formules magiques chimiques...

Cerveau souffre, souffre. Échine aussi : d'être là, courbée sur un bout de table de la salle à manger, qui fait office de bureau des condamnés. D'engloutir à tue-tête des pages et des pages de savoir universel. Un, deux, trois. Un, deux, trois. C'est une valse désespérée qui traverse toutes les matières de l'univers. Tu veux rire ? Non. Je te jure. Les profs me l'ont dit. Tout. Tout. Il faut tout connaître depuis que la Terre existe. À quoi ça sert, c'est ridicule. Ben ouais. Mais c'est au programme. Et un programme, ça ne rigole pas, madame...

Voilà, il faut que je m'y remette. Plus de forces, je suis vide et vidée, dévidée. Je ne sais plus ouvrir les yeux. Ma main ne sait plus tenir de crayon. J'oublie de manger, de rêver, de regarder la couleur du ciel. Chaque heure, chaque minute est à exploiter, à rentabiliser pour engloutir des pages et des pages de savoir universel. Morte. Je suis morte en dehors. Et en dedans, alors… j'ai soif de sommeil et de rêves de merveille. Ça fait une éternité. Une éternité ? Oui. *Il* ne vient même plus dans mes pensées. Pas plus que je ne *le* fais venir à moi. Alors, c'est vrai ? Je suis guérie de cette maladie dérégleuse des sens ? Ben, on dirait, oui. Mes yeux m'ont joué des tours pendant des mois. Je vais retourner vite fait chez l'ophtalmo.

Pas le temps pour l'instant : les devoirs m'appellent !

Eh bien, allez-y, prenez tout ! Tout ce que j'ai. La pupille de mes yeux fatigués. La moelle osseuse de ma colonne vertébrale brisée. La vitamine C de mon sang anémié.

C'est insuffisant, dites-vous ? Eh bien, saisissez aussi ce que je n'ai pas. Le sablier de mon temps égaré, les derniers MO de ma mémoire vive saturée, et mes rêves aussi, de toute façon vous y pénétrez depuis que je sais déchiffrer l'alphabet.

À cet instant, je m'apprête à plonger dans mes cours d'histoire. J'ouvre la première page. Je lis une, deux fois. Je ferme les yeux. Je répète. Je griffonne sur un bristol les noms et dates à retenir. Je ferme à nouveau les yeux. Et j'ouvre une nouvelle page de l'histoire.

C'est comme ça, il faut que j'apprenne coûte que coûte. Mais je souffre. D'être prise au piège. Il fait un putain de soleil. Je suis coincée sur une chaise. Toute ma jeunesse le cul sur une chaise... Je vais mourir tellement il ne se passe rien dans mon existence sordide ! Donnez-moi, jetez-moi des émotions ! J'veux être hors de moi ! J'veux voir la vie, le monde avec des lentilles roses posées sur les yeux ! J'voudrais courir, sous la pluie, crier mon bonheur, ma soif, ma rage, mon désespoir.

J'voudrais grimper sur une colline, me foutre de la terre sur le jean, monter, monter, ressentir le bonheur d'être essoufflée. J'aimerais passer de l'autre côté des pages des manuels. À chaque fois, je manque de les déchirer, de m'y déchirer pour plonger à pieds joints. Atterrir au fond de l'océan Pacifique, ou sur le sommet d'une montagne russe... Respirer, vivre l'histoire, le monde dans tous ses États. Ou juste là. Faire un tour dans le quartier.

– Slt. Vien ? Rdv en ba sur le ban 2 la 6té.

C'est Aïsha, que je ne vais plus voir depuis des semaines. Elle devient jalouse de mes manuels. Elle qui est en CAP couture et qui a tout compris de la vie d'ordure.

– *Va zi assure !*

Elle insiste. Je réponds sur le même mode opératoire…

– *Peu pa. Pa le tem. Biz*

… celui qui me cause des soucis dans les copies de français – parfois, je me crois sur un écran de portable et j'abrège et j'abrège.

21

Crick. Crack. Croc. Je mords une pomme. Comme Ève, j'ai fini par craquer. Au bout de trois jours et trente et un sms, j'ai cédé au plaisir de vivre : Aïsha m'attend en bas. J'ai décidé de faire une pause dans mes révisions. Le temps d'un aprèm. Le temps de faire des fautes de français à l'oral et de ne pas les regretter, le temps de raconter sa vie sans étaler sa science. Le temps de se sentir à nouveau animale.

– *Coooool ! Rdv now.*

Aïsha exulte. Mais je suis en retard et elle aime à me le faire savoir : mon portable souffre de compulsions hystériques au fond de la poche de mon pantalon. Je ne sais plus où j'ai rangé ce foutu sac de fille, celui en cuir avec une bandoulière ornée de stickers argentés que j'ai collés moi-même un dimanche d'ennui. Je regarde l'heure et je me dis *Tant pis. Faut y aller.* Aïsha patiente depuis des semaines. En plus, elle a appris de nouvelles cabrioles, paraît-il. Je cours à la rencontre de ma moitié. Je suis une fusée qui traverse le couloir et dévaste la cage d'escalier. Attends-moi, mon amie. Me voilà !

– Ça va, madame la Présidente ?

Elle est appuyée contre le mur, les bras croisés. Les sourcils un peu froncés. Elle m'en veut de la délaisser. Les bons élèves n'ont que des amis bons élèves, comme ça y a pas de lézards. Moi, j'embrasse Aïsha et la serre dans mes bras pour me faire pardonner. Elle ronchonne encore un peu. Décidément, je l'ai beaucoup délaissée.

– C'est bon, on y va ?

– Non, on attend Louisa, elle vient avec nous...

Et Louisa apparaît au bout de la rue. Elle s'est maquillée et sapée pour nous accompagner. On court vers l'arrêt de bus. Bras dessus, bras dessous. On s'en va toutes les trois, vivre une expérience extraordinaire : le frère d'Aïsha, qui travaille à la mairie, nous a filé des places pour un spectacle à l'Opéra de la ville. On ne sait même pas de quoi il s'agit, mais on s'en fiche. C'est gratos. Et vaut mieux être là-haut que nulle part. On est heureuses d'aller squatter les sièges rouges et précieux de ce lieu interdit, on s'en réjouit. On sent qu'on va se marrer. Et moi, je suis heureuse de courir, de sauter. En ce moment, ma tête est un ballon prêt à exploser à tout instant.

Le bus nous dépose à l'arrêt « Opéra ». Il reste à gravir quelques marches pour atteindre ce bâtiment imposant, grave, majestueux, sentencieux. Il reste à éviter aussi les clochards qui mendient devant ce lieu ouvert « au plus grand nombre », le nez rouge cerise à force de s'exploser la tête au sirop de grenadine.

Nous voici devant une porte géante, l'instant est solennel. On a glissé nos corps, toutes les trois, dans de jolies chemises blanches bien repassées et des chaussures de ville. « On dirait qu'on va à l'église », lance Louisa. On s'esclaffe à cette image saugrenue, en poussant la porte vitrée. On atterrit tout sourires dans un grand hall d'accueil. Un hall vide. Désespérément vide. Qu'est-ce qu'il se passe ? Les artistes ont dû déserter le navire en apprenant que les pirates de la cité débarqueraient... Le public est en cavale, ils ont dû utiliser des gilets de sauvetage, c'est la débandade totale ! Y a plus qu'à revenir sur nos empreintes d'aiguilles, reprendre le bus à l'envers, s'asseoir sur la tête. Et retrouver les bancs de misère dans nos cachettes épuisées.

Deux agentes arrivent à notre rescousse. Elles ont les cheveux tirés en arrière avec des pinces à chignon qui dépassent un peu. Elles sont vêtues de noir comme si elles allaient à des funérailles et sont peinturées d'un rouge à lèvres criard. L'une d'elles nous fait les gros yeux et chuchote, mais très, très fort :

– Vous êtes en retard mesdemoiselles, le spectacle commence !

Sa façon de chuchoturler l'a fait postillonner, et du coup on retient une énorme envie de pouffer de rire à en mourir. On se retient comme jamais. Faut plus déconner, on va se faire virer. Et Louisa de lui tendre les tickets du bonheur, la tête penchée sur le côté, en souriant un peu. Personne ne lui résiste. La croque-mort nous fait signe de la suivre. Et nous allons... Le son de nos pas résonne dans ce cube immense et nargue le silence. Tandis que nous gravissons les marches ornées de tapis somptueux, nos yeux ne peuvent s'empêcher de faire connaissance avec ce lieu féerique. Du marbre en veux-tu en voilà. Des lustres suspendus comme par magie au-dessus des chapeaux des gentils hommes et des gentes dames. Un espace incommensurable : infiniment large et infiniment haut ; l'équivalent de deux tours HLM collées l'une à l'autre. On se croirait dans un palais des délices. *Venez, par ici* : notre guide nous amène à bon port, elle ouvre les portes et désigne trois sièges :

– Vous avez de la chance, elle chuchote (sans postillons, cette fois). Ça n'a pas encore démarré.

On prend place sur les chaises à remonter le temps tandis qu'elle se retire. Nous avons vue sur la scène du haut d'un balcon. La salle est comble. Je m'adresse aux murs et à leurs oreilles, à coup sûr porteurs de secrets séculaires. Je les questionne au hasard. Quelles histoires merveilleuses pourriez-vous me rapporter ? Dites-m'en un peu... Quels scandales effroyables ? J'aurais aimé pouvoir compter le nombre de fous furieux présents comme nous, en cette fin d'après-midi. J'aurais aimé que soient posés sous mes yeux, là, un masque vénitien, de petites lunettes rondes, une robe à balconnet, une mouche esquissée juste là, au-dessus de la bouche, et un éventail précieux...

Aïsha s'excite un peu, elle est toute folle de vivre un truc aussi inhabituel. Elle s'approche de mon oreille pour me faire la mise à jour de ses dernières histoires de cœur. Elle sent que mon esprit est indisponible, aussi elle se retourne vers Louisa. Les trois coups retentissent. Je suis sauvée. Les lumières s'évanouissent et les rideaux s'ouvrent.

Que le spectacle commence !

Une femme arrive au milieu de la scène vide. Elle est longue, a des jambes interminables. Elle marche, doucement d'abord, puis accélère le rythme avant de s'immobiliser là, sur le bord de la scène. Une musique surgit de nulle part. La femme fait de grands gestes, des pas étranges. Inattendus. Et voilà qu'elle fait mine de passer l'aspirateur ! Elle revient à sa position de départ. À quoi joue-t-elle ?
Je m'approche discrètement de ma voisine :
– Au fait, c'est quoi l'histoire du spectacle ?
Elle me regarde en me disant :
– Ben... Je crois que c'est de la danse.
– De la danse ? Tu délires ou quoi ?
Un homme assis près de nous soupire fortement en lançant dans notre direction un regard assassin. Aïsha ouvre son petit sac de fille, fouille et en extirpe un papier. « Spectacle chorégraphié par Carolyn Carlson, *Pièce pour 7 fem-*

mes. » Mon sang ne fait qu'un tour. Mon horizon est anéanti. Mes sens sont révoltés. Quelle déception. Je voulais ouïr de grandioses « ô », de virtuoses « â » depuis le fond des ventres de sirènes. Des sopranos. Des ténors. Un orchestre. Comme on l'imagine : le bordel à fond sur scène, et que ça claque de partout, là, ici, encore là ! J'en ai rien à foutre moi, de la danse. Contemporaine ? Qu'est-ce que c'est que ce truc.

– Tu veux qu'on s'arrache ? Aïsha me demande.

– J'ai des réducs pour aller à la foire, chuchote Louisa.

Je jette un œil alentour. Je pense à notre quartier de l'ennui. Je pense au voisin et aux autres : si on se tire maintenant, ils diront encore que c'est lamentable, *Vraiment les jeunes sont des sauvages*. Ben non. On est là, on reste.

– Ça dure soixante-cinq minutes, hein, précise Aïsha, pour me prévenir.

Mais je resterai ici. Le spectacle continue. D'autres femmes se succèdent sur la scène. Je cherche comme une folle à comprendre le « message », la « clé » de l'histoire. Comme on a appris très studieusement à le faire en cours de français, toutes ces années. Mais là, rien ne vient. La feuille à petits carreaux de mon explication de texte reste définitivement vierge. Qu'est-ce que je pourrais bien y mettre, je vais avoir un zéro pointé si je n'analyse pas la psychologie du personnage, l'intrigue… Ai-je manqué le début de l'histoire ?

– Elles ont sérieusement un grain… me dit Aïsha avec le sourire en coin.

À sa voix, je sens qu'elle ne va pas tarder à se réfugier dans un fou rire nerveux, et qu'elle veut m'entraîner dans sa fugue. Mais je ne réponds pas à sa sollicitation. Je n'ai pas envie de rire, l'heure est grave. Les danseuses portent des pamplemousses sous leur vêtement, ça leur donne un corps fantastique. Ça me fait sourire, mais mon sourcil reste froncé. Ça me fait penser à nous. L'une d'elles saute, l'autre hurle. Elles pleurent. Elles rient. Et je suis prise dans un étrange tourbillon.

Toute mon attention est tendue vers ce qui se joue sur scène, je m'oublie presque. Je vis à travers ces femmes ce que je ne peux vivre moi-même. Elles sont libres de tout mouvement et elles me libèrent par la même occasion. Elles crient. Elles hurlent. J'aimerais le faire, je ne peux jamais. Elles me libèrent… « Heureusement qu'il y a l'art pour nous sauver de la vérité. » Cette phrase que j'ai écrite pendant un cours de philo vient subitement frapper mon esprit. D'un coup, je pense au prof. Je l'entends et le vois très distinctement. « Vous recherchez toujours du sens à votre vie au lieu de chercher l'intensité. On s'en fout, du sens et de la vérité. » Il s'était emporté ce jour-là, en cours, il nous parlait de Nietzsche. Et ce n'est qu'à cet instant que je saisis avec le corps ce qu'il dictait à nos mains de secrétaires. Ça scratche en moi.

Les rideaux se referment et les lumières s'allument. Le public applaudit. Les danseuses se tiennent la main pour saluer le public. À présent, elles sont redevenues femmes, à nouveau prises dans le jeu de société. Je le vois au réflexe qu'elles ont eu : elles ont brusquement relevé les bretelles tombées sur l'épaule, dans un geste de pudeur, alors qu'une minute auparavant elles étaient presque entièrement dévêtues sur scène – et ça ne les gênait guère. Au centre, la divine chorégraphe. Elle a le sourire aux lèvres.

Sur le chemin du retour, je ne parle pas beaucoup. Aïsha est en plein monologue. Elle dit qu'il était pourri, le plan de son frère. Que c'était n'importe quoi, leur truc d'intello. Elle dit qu'il a vraiment insisté : « *Vas-y avec Salima, ça va vous plaire.* Pff. Il nous prend pour des bouffonnes. ». Elle ajoute que, en plus, il avait des tickets pour la patinoire et le ciné mais qu'il a préféré les donner à son petit frère. Louisa, elle raconte qu'on est vraiment tarées d'aller s'angoisser dans des salles d'opéra, qu'elle a des plans avec des copains de notre âge pour aller à la foire, si ça nous dit. Elle répète plusieurs fois : « Franchement, c'est des oufs ». Aïsha me demande ce que j'ai pensé du spectacle, je dis *Oui, c'était un peu bizarre.*

Je suis totalement bouleversée, en dedans.

Aïsha et ma sœur me regardent comme elles le font souvent quand elles sentent que mon esprit part à la dérive. Quand je me déconnecte. Quand je deviens silencieuse. L'une d'elles prend un air grave et se gratte la tête. Genre, pour me caricaturer. On éclate de rire. OK, c'est pas le moment de réfléchir. Je mets cette expérience entre parenthèses (j'y reviendrai ce soir). Cette fois, elles peuvent me narrer leurs histoires à dormir debout : je suis disposée à les entendre.

22

On organise un grand barbecue sauvage dans le parc de la ville voisine. Avec les autres de la classe. Jérémy, Noëlle, Nordine, Medhi, Sophie... Le soleil, qui depuis quelques semaines se montre souvent, y est convié aussi et semble avoir accepté notre proposition. Il précise juste qu'il devra partir se coucher au crépuscule de nos belles années. Pas de problème. L'essentiel est que tu passes nous offrir un peu de ta lumière car c'est jour mémorable. Je m'en vais célébrer avec les miens l'arrivée bienheureuse des vacances adolescentes ; et accessoirement, la réussite à l'épreuve du Bac à sable.

J'attrape ma bicyclette rouge à deux mains et la sors tant bien que mal du garage commun. Ça fait une éternité que je ne me suis pas donnée, à 40 kilomètres/heure dans la jungle citadine. Un gamin me tient la porte et c'est tant mieux, parce que j'ai perdu le sens de l'équilibre. J'ai croisé Thomas hier. Et dire que j'ai loupé total l'épreuve du permis de conduire à cause de lui. Paraît que la fille à la casquette et aux longs ongles, c'est une copine comme ça, rien d'autre. Je lui ai dit « Passe si tu veux ». Et j'ai mis une jupe aujourd'hui. Bleu marine avec un tee-shirt blanc. Et puis, j'ai mis le collier de perles bleues tombé dans la poche de mon manteau, ce jour étrange...

J'ai pas choisi le bon jour, je me dis, alors que je m'engouffre dans les rues sur ma bicyclette. Mais j'ai un sourire indélébile sur les lèvres. Je fais tinter la sonnette en frappant des pédales dans une valse à trois temps et je danse avec le vent. Lorsque j'arrive au lieu secret du rendez-vous, je perçois au lointain des sons épars et des voix juvéniles. J'en déduis que la fiesta improvisée a commencé. Je regarde alentour avant d'y entrer. « Surtout, soyez discrets », nous a-t-on dit. Car si les képis nous surprennent, c'en est fini de notre fièvre adolescente. Alors j'attache mon vélo, et j'avance tranquillement.

Il n'y a personne à cette heure de la vie. Les enfants d'après l'école sont en train de prendre le bain. Les parents assistent impassibles au J.T., ou comment l'homme finira par venir à bout de lui-même. Les seniors jouent au poker, profitent de la vie et de ses instants heureux. Je me fraye un chemin parmi les autres squatteurs du parc interdit et je m'en vais rejoindre les miens. Je traverse l'odeur de la viande fraîche qui fume sur les braises, le vent léger qui nous berce, les djembés, les cracheurs de feu, les notes approximatives des néo Jimmy Hendrix, les alcools d'Apollinaire, pour retrouver les visages de mes amis qui partent en guerre.

Mon regard scrute le jardin. Pour entrevoir qui est là. Qui n'est pas là. J'aperçois Noëlle, qui discute là-bas. Je me jette dans ses bras :
– Noëlle !
– Salima… t'as pu venir quand même, c'est cool…
Sa voix tremble, elle me tend un regard maladroit. Je hume une impatience parfumée à l'orange ; je dérange. Je tourne le visage et comprends la raison de son agacement. Un garçon se tient à ses côtés. En temps normaux, je devrais m'en fiche total. Sauf que là. Badaboum. Qu'on appelle une ambulance. *Il* est là. *Il* me regarde. Celui qui jamais ne m'a vue, alors que je ne voyais que *lui*. Celui-là, dont j'ai toujours tu le prénom, dont je connaissais si bien le visage. *Celui-là* même qui n'a jamais su que j'existais. Pourquoi est-ce que j'ose à peine le regarder ? On dirait que ce sont les dernières secousses de mon cœur chocolat au lait. Je crois que c'est la première fois qu'*il* pose ses yeux sur mon corps. J'aimerais disparaître.

Ou plutôt non.

Prendre ma revanche. Rester avec lui et raser le parc et la terre entière. Coincer nos rêves stériles et nos silences inutiles dans une bouteille qu'on jetterait ensuite à la mer. Déchets non recyclables. Quel gâchis, ce temps passé à le rêver. Le regard de Noëlle m'électrocute davantage. Elle veut que je m'en aille… Mais je reste clouée sur l'herbe. Je ne bougerai pas.

– Vous êtes dans la même classe ?
Il me parle. À moi. Je te jure. C'est vrai. Et là, carambolage dans ma boîte crânienne. Une évidence vient de percuter le châssis de mon âme. Rien. Il ne me fait rien. Vrai de vrai. Je viens de comprendre le pouvoir déformant du temps sur les sensations et la réalité. C'est comme si les services des douanes débarquaient là, maintenant, sur le seuil de mon cœur receleur. Toc Toc Toc. C'est le loup ? *On ne rigole plus, mademoiselle. Perquisition immédiate. Faites-moi sortir les contrefaçons, amalgames, faux.* C'est surréaliste. Je sais, complètement fou. Mais je vois, ce jour, à quel point l'histoire avec cet imbécile aux yeux verts était creuse. À quel point l'histoire n'a jamais évolué que dans mes soupirs...

– Euh... oui, je réponds.
– Et tu l'as eu, ton bac ?
– Oui... je souris.

Je suis fière. Alors j'ajoute, en murmurant presque :
– Avec mention bien...
– C'est grandiose...

Et là, ma Noëlle a la peau rouge. Ma compagne de classe, mon alliée des devoirs à rattraper... Elle me lance, bien fort :
– Félicitations Salima, mais c'est bon, tu savais bien que tu l'aurais ce bac, enfin !

C'est curieux. Cette remarque, encore. Ce ton dans la voix. Ce regard, une nouvelle fois. Depuis ce matin, toutes les lèvres s'articulent pour me dire dans un sourire imparfait : « Ben oui félicitations, mais c'était gagné d'avance, quand même ! » Ah bon. Gagné d'avance. Je plisse mes yeux et fais un pas en arrière. *Il* me regarde, le sourire en coin. *Il* se moque de moi ? Oui. C'est bien ça. Ils rient, là tous les deux. Et même, *il* lui tient la main. Je feins l'indifférence. Je fais un signe de tête. Comme pour dire, *Bye, bye*. Mais je crève de leur faire un magistral doigt d'honneur. Je me retourne délicatement, la tête droite, et ma jupe virevolte un peu. J'attrape au vol un gobelet sur une table improvisée et je demande un jus de fruits frais. Vite. Il se déverse enfin, d'une boîte à l'autre. Fraîchement UHT. Qu'importe. Faut que je me désaltère et que je refroidisse mon corps qui s'échauffe. J'ai envie de faire une pirouette. De revenir sur mes pas. Et de lui dire : « Au fait, est-ce que tu as vu la couleur de ma culotte ? » Mais je ne dis rien de tout cela, pas moi, pas moi. Parce que c'est « gagné d'avance ». J'ai envie de m'insurger. Alors, à quoi ont servi ces journées et ces nuits passées à réviser ? J'ai le bac et l'air bête.

C'est à n'y rien comprendre. J'ai envie de hurler. *T'as vraiment rien d'un prince, Mathieu Superbus*. Mais je ne dis rien. À ces autres là. Qui pillent ma victoire.

Je ne pipe mot. Je m'acharne sur le gobelet en pétrole et déglutit plus vite que mon ombre humiliée la boisson magique à l'arôme de médicament. Mon jus de fruits était pressé de soulager mon courroux. J'ai envie de leur foutre mon poing dans la gueule. C'est comme si la boisson, empoisonnée, me dotait de pouvoirs maléfiques ; je m'en réjouis ?

Je laisse tomber. Ma bouche est désespérément muette. Mon ombre me suit, les bras ballants, traînant des pieds, je m'en vais chercher d'autres visages familiers auprès de qui me consoler. Je me souviens à cet instant que j'ai invité Thomas à la fête. Viendra-t-il ? Peut-être, peut-être...

Je perçois alors très distinctement les sons mélodieux d'un instrument de musique.

Presque malgré moi, mon corps se laisse porter et je me retrouve ainsi à l'autre extrémité du parc, au milieu d'un autre groupe. Deux garçons plus âgés sont là, assis à même le sol, et passent leurs doigts de fée sur des cordes de nylon. Ils ont les cheveux longs, le regard sérieux, ils s'appliquent et se prennent pour John Lennon. Ridicule ? N'empêche qu'un auditoire s'est installé autour d'eux, et que tout le monde chantonne à tue-tête.

Je croise Jérémy, Solange... On se félicite, on se console :
– Alors Salima, tu fais quoi à la rentrée ?
– Je me marie et je fais plein d'enfants ! je lance, un peu pour plaisanter et éviter le sujet de douleur.

Le temps de finir ma phrase, j'entends des pas derrière moi. Mon cœur bat la chamade, c'est lui ? Thomas ? Peut-être bien ? Calme-toi, mon cœur qui devient fou, reste là, sage, dans ta cage thoracique et n'en sors pas.

– Wouaw, Mademoiselle S. porte une jupe !?

Je me retourne. Zut. Ce n'est que Nordine. Il m'administre une tape sur l'épaule, comme il le fait si souvent.

– Félicitations, petite sœur, il me dit en m'embrassant et en serrant ma main très délicatement.

Je suis un peu troublée par ce contact si inhabituel, lui qui est toujours à me triturer l'épaule, le bras, le dos, à me donner des coups, pour rire.

– Merci Nordine, je suis désolée pour toi…

– C'est pas grave, je l'ai cherché…! il dit en souriant. Qu'est-ce que tu fais l'année prochaine ?

J'esquive :

– Non, dis-moi, toi d'abord ?

Il soupire en regardant ses basquettes et allume une cigarette. Il semble nerveux. Autant que moi, qui ai réussi.

– Oh, on verra, je m'en tape. Je vais arrêter les cours, je crois. Ça me prend la tête, ça sert à rien. Je veux faire des thunes.

– Ben oui, mais comment ? Faut aller en cours, quand même, avoir des diplômes.

– Arrête de rêver, Salima. Regarde, ton cousin Mourad, il a eu tous les diplômes du monde, il zone en scooter toute la journée dans le quartier. Non, moi je vais monter mon entreprise avec ma grande sœur. Elle aussi, elle a fait des années d'études et elle trouve pas de taf… Laisse tomber…

Il reste silencieux – comme gêné d'en avoir trop dit. Il m'interroge du bout des lèvres, du coup :

– Et toi, qu'est-ce que tu vas faire ?

Moi, moi, je vais devenir quoi ? Qu'est-ce que je sais faire d'autre qu'analyser des textes, les décortiquer, les vider de leur âme et les laisser mourir ensuite ? Je sais même pas faire mes lacets ! Aïsha, en CAP, sait au moins faire de la couture. Elle pourra se dessiner de jolies robes de princesse.

Nordine voit mon visage s'assombrir. C'est sans doute pour cela qu'immédiatement, il ajoute comme on offre une fleur :

– Mais toi, tu vas assurer Salima, t'es pas comme nous… En tous cas, ça te va bien d'être fringuée comme ça.

Je souris. Quelqu'un a donc remarqué que j'avais fait un effort ! On se mêle à la foule en folie. On mange et on se régale avec les doigts. Les sauces coulent, les mains sont grasses. On s'essuie en passant sur l'herbe un peu fanée. Dans la soirée, je repense à la carte d'Antoine Bensousan fourrée sous mon matelas. Peut-être qu'il m'aidera vraiment, si j'ai besoin de lui ? Peut-être qu'il sera agréablement surpris quand il verra mon parcours, ma mention « bien » à l'examen ? Et s'il me demandait quelque chose en retour ? Cette idée troublante traverse mon esprit, mais je la balaie d'un revers de la main. Je me plais à me concentrer sur mes jambes mises à nu pour l'occasion.

Je ressens un émoi particulier au contact de ce tissu de merveille. La jupe dessine des cercles autour de mes jambes et je me surprends bientôt à marcher nonchalamment, pour faire grandir ces cercles gracieux tout autour de ma taille. Je regarde mes compagnons de galère. Je ferme les yeux très fort et me concentre pour photographier cet instant. Nous reverrons-nous ? Un sentiment étrange m'envahit, on dirait que c'est la fin de mes années folles. J'ai le bac en poche, sur les lèvres, dans mon cartable. Mais il paraît que ce n'est que le début des ennuis, et que la vraie galère commence : je m'en vais rejoindre les bancs de la fac. Il paraît que là-bas, on est mille cinq cents camarades dans une seule classe. Il paraît que là-bas, les profs vont et viennent et ne savent pas comment on s'appelle. Ils ne connaissent pas nos qualités, nos défauts, notre garde-robe. Il paraît que plus personne ne te regardera en comptant sur toi pour que tu répondes bien aux questions dans un silence insoutenable. Il paraît qu'il y a des milliers de Salima, encore meilleurs élèves, et que je ne serai plus qu'une Mademoiselle S. parmi d'autres.

23

Je ne l'attendais pas si tôt. Mon père. Triste comme un ciel gris, il est venu m'arracher du parc pour me conduire « à la MAISON ». Il a roulé en tenant le volant des deux mains et en m'expliquant calmement qu'il était rentré de déplacement pour fêter le bac de sa fille – qui a grandi, déjà (pas de ma faute).

Il ne sait pas pourquoi j'étais dans un parc avec des Français au lieu d'être en famille. Il a pris mon vélo et l'a mis dans le coffre et il m'a dit : « On va à la MAISON », il l'a dit plusieurs fois, assez fort. Mais sans crier. « À la maison. » Il aime ce mot, ses lettres, je le sens à l'intonation de sa voix, à l'insistance avec laquelle il prononce chaque syllabe, chaque voyelle. Je sens qu'il aime ce mot. Parce que ce mot nous maintient dans un monde à part du monde, parce que ce mot c'est sa raison d'être et de vivre ici. Une fois chaque membre de sa tribu bien étendu dans les boîtes à dodo prévues à cet effet, il peut enfin retirer sa casquette de père. Il s'allonge sous ses deux draps de coton et sa couverture verte... Là, il peut être en paix avec son âme et s'abandonner à sa fatigue de vivre.

Sauf qu'on n'a pas une maison, mais un appart prêté par les HLM, qu'on leur rendra un jour. Mais personne n'ose lui faire la remarque. À distance, il veille sur ses petites comme une chatte. On sait qu'il travaille avec toute sa force, toute sa sueur pour acheter un cube de béton à l'abri des voyous, des voyeurs, des voleurs. Notre maison sera sûrement construite dans une autre galaxie.

24

En rentrant, je retire ma jupe et enfile un jogging déformé. J'embrasse le front chaud de mon père et je dis bonne nuit à ma mère. Malika a le sourire. Elle a retrouvé son mari. Elle a préparé un dîner exceptionnel avec de la viande de mouton, des amandes caramélisées, des pruneaux gigantesques au goût de miel et de la fierté en l'honneur de sa fille. Puis, elle a appelé de l'autre côté de la Méditerranée pour annoncer au tiers-monde l'heureuse nouvelle : sa fille a réussi à « l'icoule ». Je me glisse dans le lit en imaginant la scène ridicule. Tout le pays est au courant et ça me fait un peu rire, tellement c'est absurde. Je ne pourrai jamais changer le monde.

Je ferme les yeux pour me jeter le plus rapidement possible dans un sommeil réparateur. Emporte-moi vite, enlève-moi. Fais-moi dormir et mourir un peu ce soir. Il faut que j'oublie. Que j'oublie tout. Je voulais simplement un rendez-vous au clair de la lune… J'ai attendu. Puis j'ai su. Qu'elle ne viendrait pas, la lune. Je suis revenue avec les genoux un peu écorchés. Et aussi la même couche de rouge sur les lèvres…

C'est sûr.

Je suis comme un papillon à la recherche de ses ailes d'amour égarées. Si ça se trouve, elles sont accrochées là, si près qu'elles en deviennent invisibles. Prends-toi une jolie claque de la vie, mamzelle. N'empêche, n'empêche. Je suis ainsi. Mon esprit rêveur ne peut s'empêcher de m'embarquer dans ses délires, à la recherche de mille supports à ses rêveries. J'ai la berlue. Je peux rien y faire. Le souvenir de mains posées sur un volant est passé par ici, un bâton trituré par une charmante mâchoire repassera par là. Enfin, il y a une vie souterraine après l'attente imbécile… Et la Terre continue sa rotation dans le vide de l'Univers.

25

Elles arrivent, elles sont là : les vacances. Ce mot magique fait résonner simultanément dans ma boîte crânienne des images de cartes postales... « Repos. » « Calme. » « Vivre à sa propre allure. » « Réveil doux, au petit matin, moi et moi, et mes milliers de pensées... »

Tu parles. On a pris la route, direction le bled. Trop vite. Pas eu le temps de dire au revoir à Aïsha. Et nous voici dans la voiture, serrés les uns contre les autres comme des sardines à l'huile d'olive. Car on forme une famille unie. Alors on a émigré d'une boîte pour aller dans une autre boîte, posée elle sur quatre roues. On doit être gitans, quelque part. Fils du vent, et de nulle part.

Dans la voiture, c'est le même scénar' et la même distribution de rôles que là-haut, dans nos tours. En version micro et transportable. Papa est le chef. Maman l'intendante. Et nous on est là, enfants forcés à la patience... On se chamaille pour passer le temps, on chante des chansons des hit-parades dans l'espoir que la radio capte à nouveau, et on attend que ça se passe. Soixante-douze heures de divine persévérance. Trois mille kilomètres d'autoroute, de départementale, de piste de sable. Trois à quatre pleins d'essence d'huile de vie. Des siestes improvisées tant bien que mal sur les genoux de Louisa, contre la vitre arrière droite, puis avec la tête de Louisa sur mes cuisses, puis contre la vitre arrière gauche et toutes les deux, enfin, sur le banc d'un parc. C'est parti pour les visites guidées des aires de repos entre Lille et Bordeaux. Les douches volées en douce dans les toilettes turques espagnoles. La croisière s'amuse sur le *Titanic* entre Tanger et Ceuta. Le safari-charivari dans les villes du nord marocain. L'empoignade en V.O. non sous-titrée à la douane…

Et enfin, nous arrivons au pays. En pleine nuit, Tanger la belle nous accueille les bras grands ouverts. Ma mère remercie l'Éternel en formant un papillon de nuit avec les paumes de ses mains blanches. « Bienvenue aux MRE. » C'est comme ça qu'on nous appelle ici. Les « Marocains Résidents à l'Étranger ». Des banderoles sont tendues sous les photos du Roi, qui nous sourit. Nous sommes là. Les devises arrivent.

Une fois la frontière passée, la mâchoire de mon père se décrispe. Il a l'humeur un peu plus légère.

Famille Sardine passe sa troisième nuit à dormir dans sa boîte de fer à bout de nerfs.

Le matin à l'aube, nous sommes réveillés par l'appel à la prière depuis la mosquée de Tanger. Ces chants font à chaque fois frissonner mon âme. Les yeux ensommeillés, père se lève et part faire ses ablutions, puis il effectue sa prière, agenouillé sur sa terre de merveilles. Les parfums de son enfance. Une larme de diamant roule peut-être sur sa joue. La ville alors se réveille et fourmille de toute part. Tanger la blanche se lève.

Les ânes s'arrêtent au milieu des routes et des ronds-points. Les klaxons retentissent pour dire juste *Bonjour* ou *Attention danger*, ou *Qu'est-ce que tu fais là, toi*. Ou juste comme ça, pour combler l'absurde et participer à un concert géant. Personne ne sait, mais tout le monde en abuse. Je descends la vitre pour mieux sentir les épices du soleil, la cannelle parfumée, le cumin relevé ; je vois déjà le safran rouge ; je hume le piment doux, celui qui vous brûle jusqu'à la mort. Et les olives diamantées, incrustées de rayons du soleil. Je me sens légère d'être arrivée. Je me dis aussi *J'espère qu'on verra la plage.*

On arrive enfin à la capitale, dans le quartier familial. Mon père et ma mère s'en vont retrouver les leurs. On va passer un mois de maison en maison. À dire « *Salam, Salam* », à notre sang et aussi à leur offrir tout l'argent qu'on n'a pas.

Mon père klaxonne pour annoncer son arrivée. La vieille Kalti Zhora nous ouvre la porte en pleurant de bonheur de nous revoir. Chaque année, c'est le même refrain pathos. *Gloire à Dieu qui me garde en vie et me permet de vous embrasser une dernière fois. Mais l'année prochaine, soyez forts, avant l'été, c'est sûr, je partirai.*

À l'entendre répéter ça, à chaque fois tout le monde a l'âme en peine. Mais mon père dit qu'il ne faut pas faire attention. Il dit qu'elle est folle et qu'une personne mal intentionnée lui a jeté un mauvais sort. On fait bouillir l'eau et frémir les feuilles de menthe fraîche. L'incident est déjà clos et ils rient de se retrouver.

Pendant ce temps, je retrouve le visage oublié de mes cousines proches. Et éloignées. De mon cousin d'antan. Avec lesquels je n'ai jamais rien partagé que des vacances d'été. Quelques semaines chaque année passées dans leurs murs, à s'échanger des gros mots dans nos langues respectives.

On mange comme des rois, et puis on part faire la sieste. Toute la famille est fatiguée. On dort à même le sol sur des tapis faits maison. Mon dos s'en souviendra demain. Avant de fermer les yeux, je pense aux parents... quand est-ce qu'ils passent des vraies vacances, à la montagne, à la mer ? À l'ombre des soucis et de l'emprise de la famille ? Je pense à ma vie future, quand j'aurai eu mes examens et que j'aurai ma « situation ». Je sais que je parcourrai le monde, sac à dos et tente marabout, à la recherche de moi-même et de mes rêves. Mais quelqu'un m'a dit qu'il fallait pas rêver et qu'il faudrait encore attendre la retraite pour réaliser ses plus grands défis... Tu rêves.

26

Une semaine que nous sommes au pays. Et comme d'habitude, finalement, j'adore. Aller au restaurant avec toute la famille. Rire. Manger. Manger encore. Avec les doigts. Tous ensemble. Dormir. Rendre visite. Accueillir. Manger encore. Tagine aux pruneaux. Poulet aux olives. Cheveux d'ange à la cannelle. Le temps qui passe doucement. Manger du poisson grillé. La famille. Moments de partage et de discorde. Les heurts avec ma sœur d'amour. Puis, nos rires nerveux quelques heures plus tard. Comme toujours. Et puis, fidèle à elle-même, la plage qui accueille les vacanciers, les familles populaires. Les jeunes Parisiennes qui se baignent dans l'eau fraîche en deux-pièces et s'enduisent le corps d'huile d'or aux yeux de tous ; les dames de là-bas, pudiques, qui se glissent dans l'eau en djellaba. Pourquoi pas.

J'ai dormi épuisée, exténuée. Rêvé cette nuit. Je pense à ma tour laissée au pays et à ses fantômes. Aïsha, princesse abandonnée, m'attendra-t-elle ? Je rêve que je souscris une assurance-sentiment. Une de celles qui te dédommagent en cas d'accident cardiaque, de chagrin psychotique. Avec une assistance 24 sur 24 en cas de détresse, on peut panser amoureusement nos bobos et mettre à la disposition des cas les plus graves un prince de remplacement en attendant que ça cicatrise en douceur. Je rêve de ça et d'ailleurs.

Et le matin au réveil, je suis femme ; mon ventre me le rappelle à coups de secousses douloureuses... Alors, pour faire autre chose que rien, ce matin, je pars en mission. Je m'en vais chercher du pain chez le boulanger. J'y vais parce qu'une baguette, ça s'appelle « *Parisian* ». Ça me rappelle la France qui me manque. Ma petite cousine s'agrippe à ma main, elle vient avec moi. Kalti Zhora me tend quelques dirhams et me dit « Va, ma fille, va vite et reviens vite. Que Dieu t'accompagne ». Elle délire encore, j'ai une folle envie de la vanner : « Calmos la vieille, je vais pas faire un triple saut dans les chutes du Niagara ». Mais je l'embrasse sur son front en lui disant que tout va bien se passer, je reviendrai *inchallah*.

Je marche dans les rues de Rabat, la petite Zynèbe à mes côtés. Elle fait comme je faisais jadis, tandis que l'on avance. Elle se balance de gauche à droite et s'adresse à des personnages imaginaires, dans sa langue maternelle. Les jeux d'enfants sont universels.

Il est très tôt, et déjà la ville grouille. La ville est en

construction. Encore ? Oui. Depuis toujours, depuis que j'ai l'âge de la reconnaître. Cette terre qui vole dans le ciel, la poussière brune, les détritus jetés à même le sol par la fenêtre. Les camions, les ouvriers qui s'activent. Construction d'hôtels, de villas, de bureaux de société... La ville explose, et les campagnes se vident de leur sang. En deux ans, le Maroc en a rattrapé dix de « retard », du point de vue de l'horloge occidentale.

J'arrive à la petite cabane qui fait office de boutique. Il y a du monde. Ici, pas de queue : c'est à qui dit le plus fort ce qu'il veut. Ça me fait rire, je bafouille, je ne sais pas trop bien parler, ça fait longtemps.

– *Rbaha Parisian !* je lance au hasard...

Mais en vain ; il ne m'entend pas. Je suis désespérée. Dans mes rêves, en ce moment, il se produit un miracle : je rêve en arabe dialectal, je le parle avec une aisance irréelle.

La petite Zynèbe me lâche la main et je la vois disparaître. Où est-elle ? Elle se faufile jusqu'au comptoir :

– *Salam aleykoum, Htini Parisian allh i hafdek !*

Elle revient avec les *parisians* marocains, un sourire, un *boubaloo* ; je paie.

Sur le chemin du retour, Zynèbe continue de chantonner et de faire vivre ses personnages imaginaires. J'aimerais jouer avec elle, m'installer là, sur l'herbe, et entrer dans un monde de merveilles. Mais je vois instantanément le visage décomposé de la folle Khalti Zhora, alors je passe mon chemin.

J'en profite pour observer la capitale ensoleillée. Elle

accueille ses habitants et ses visiteurs sur les terrasses de café bondées. Sur les bancs publics. Dans les parcs trop étroits. Et même au centre des ronds-points, ce qui nous surprend et nous fait rire.

Ici, tu te lèves très tôt pour pétrir toi-même la pâte de ton pain de blé, et tu t'en vas le faire dorer chez le *Fahran* pour quelques centimes au bout de la rue mouvante. Puis tu passes dire bonjour à l'épicier et te bagarres en souriant pour garder ta place dans la file indocile. Alors, tu prends ton bain sous les yeux du monde entier dans les hammams des petites ruelles. Tu passes prendre le thé à la menthe brûlant chez les uns et les autres, et ta maison voit passer à leur tour les autres et les uns.

Mille choses m'horripilent. Une chose me donne envie : les hommes du soleil sont des hommes de la parole, des conteurs. Je pense à ces veillées, le soir, qui se prolongent très tard dans la nuit. Je pense à ces hommes assis toute la journée sur les terrasses de café. Je pense à ces marchands de tapis analphabètes, qui parlent couramment six langues. À force de parler avec les touristes ravis de se faire arnaquer sans le savoir. Ces femmes qui font la lessive et refont le monde en arabe dialectal, se passant le savon noir, frottant le linge sale.

La parole, le conte, le rêve sont ici des matières premières. Chez nous, en France, on a tout pour être heureux. Mais qu'est-ce qu'on s'emmerde.

27

On vient de donner une femme à mon grand cousin Aziz. Il a au moins trente-cinq ans. Il n'a jamais voulu se marier… peut-être qu'il aime les hommes ? C'est Louisa qui n'arrête pas de dire ça. D'habitude, sa mère Khalti Zhora crie toujours sur lui, mais aujourd'hui est un jour différent. Elle a fait un effort.

On lui a fait porter un beau saroual beige et la chemise assortie. La *Chechia* posée sur la tête. On a placé dans des assiettes des bouts de tissu, des bouteilles de parfum, des conneries de gel-douche et d'autres belles choses. Et puis, on a pris la voiture. Khalti Zohra était heureuse comme jamais. On est allés dans une maison en portant ces présents sur la tête.

Il y avait une jeune gazelle qui montrait ses cheveux pour la première fois. On lui a mis du henné, des choses colorées dans les cheveux. Maquillée et parfumée. Trop maquillée. Ça faisait moche. On lui a posé du henné sur les mains et les dessous de pieds, ça a duré au moins un an... On a tapé dans les mains. Bougé notre bassin et les seins. Et puis on a bu de la limonade. Mangé des petits gâteaux. Et même un couscous. Rien que ça. Aziz restait grave. Paraît qu'avec une femme, tout s'arrangera *inchallah*, et qu'il sera heureux.

En tous cas, c'est vraiment vrai. Je l'ai vu de mes yeux vu : il a signé un bout de papier. Elle a signé aussi. Tous les deux ne savent pas écrire, la signature a duré vingt minutes. C'était long. Trouver les bonnes lettres. La bonne écriture. Je mourrais de ne pas savoir lire, écrire et jouer avec les mots. Il y a eu des youyous. Plein de youyous. Bruyants et envoûtants. Je ne sais pas les faire ; je n'ose pas apprendre. En tous cas, ils sont mariés, il paraît. L'affaire est réglée, elle viendra ranger la maison, faire le ménage et la cuisine pour Khalti Zhora.

On l'a emmenée à la maison familiale. Elle pleurait tout le long du trajet dans la voiture. Sa mère et ses sœurs aussi. Je lui tenais la main pour qu'elle ne soit pas triste. Je me suis dit *Ça donne pas envie*. Mais ma mère m'a expliqué qu'elle était heureuse, et en même temps malheureuse car c'était une autre étape de sa vie et qu'elle aussi, elle avait beaucoup pleuré, surtout quand elle était venue en France. *Lala lahroussa* est entrée dans la maison et on lui a lancé du riz, des confettis, des bonbons. Le soir, ils ont préparé la pièce d'à côté. Posé un drap blanc sur des matelas mis côte à côte. Elle s'est habillée en blanc. Et puis, il est entré dans la chambre...

Tout le monde savait. Tout le monde attendait. Même moi, je n'ai pas dormi de la nuit. Mais le matin, il ne s'était rien passé. Ils ont dormi. Ils n'ont rien fait, les idiots. Ils étaient fatigués peut-être ? Peut-être qu'il aime vraiment les hommes. Avec Louisa, on a super rigolé. Il n'y a pas eu de youyous…

J'oubliais. Vivent les mariés.

28

On vient d'arriver dans les terres du grand Sud, retrouver les anciens. S'enterrer dans les dunes du désert et manger de l'air brûlant le reste du temps. Je suis heureuse de quitter la ville. La ville a changé, elle m'étouffe. Rien n'est vrai. Tout est copie, copié-collé de bribes d'existence vues çà et là. Les Marocains sifflent les gazelles. Les Marocaines ont troqué leur djellaba contre des blue-jeans de poupées de cire et le henné traditionnel contre la coloration blonde platine. Décidément flag : en cherchant à combler son « retard », le Maroc a oublié de vivre à son propre rythme. La ville m'étouffe, elle m'étrange.

Je vais revoir les dunes de sable à perte de vue. Croiser des vrais voyageurs amoureux de notre pays qui s'aventurent dans les terres indociles au lieu de s'entasser dans les hôtel-club des *tour operator* carnivores.

On a mangé des kilomètres de pistes, de routes sinueuses. J'ai toujours peur de tomber dans les ravins. Mais grâce à Dieu, nous sommes saufs. Papa a les yeux qui brillent. Il fait le guide : « C'est ici que je suis né. C'est là que j'ai acheté une mobylette pour venir travailler ». Louisa a la rage. Elle est morte, ici, sans espoir de retrouver une connexion Internet. Les opérateurs de Telecom ne s'aventurent pas de l'autre côté de la vallée du Draa. On est au beau milieu du vent chaud, du sable et du début de l'histoire de l'humanité. J'espère qu'elle va survivre et qu'elle se plaira à être vraiment libre. Maman tremble, elle va revoir son sang. Elle parle beaucoup et a les larmes aux yeux.

On arrive en pleine nuit, la voiture s'engouffre dans les pistes. Les gamins courent derrière nous et s'imaginent en train de la conduire.

Atterrissage réussi. À la maison des anciens, construite en terre battue. Le village entier nous accueille. Tout le monde est là, derrière la grand-mère et son bâton. Ma mère et sa mère. Et ses filles. Tout le monde est en cercle, vêtu de noir. Et tout le monde pleure en chantant. C'est le même rituel chaque année. Ils pleurent le bonheur de se retrouver, eux et les morts de cette année. Les chants traditionnels ont pour fonction d'exulter ces sentiments douloureux. Mon père est fou de rage devant ce cirque. On n'a pas fait toute cette route pour pleurnicher, sinon c'est demi-tour et on rentre « à la France » ! Alors, d'un coup, tout le monde est heureux.

Je suis épuisée, j'ai chaud dans ces vêtements longs que je dois porter. Des robes du pays. Un foulard dans les cheveux. Cacher des jambes blanches de Française. La pudeur, ma sœur, et le respect. Mais j'ai trop chaud. Et tout le monde veut m'embrasser. Et pas une ou deux bises : des *smacks* qui durent des mois ! Au moins quinze par personne. Plus tu embrasses, plus tu aimes, alors... Je retrouve ces visages que j'aime. Ces jeunes filles de mon enfance estivale. Mariem, Naïma, Tahira, Hassania, Zahra, Fatima, vêtues de noir, dans de longues robes et jupes et entourées de ces draps noirs avec, dessus, des soleils dessinés et des fils de laine cousus.

La veillée sera longue. Je souris au voile d'étoiles merveilleuses posées là-haut dans le ciel, qui ressemble à un tapis volant de diamants. Je finis par m'endormir à même le sol...

Le matin est autre. Très tôt, il faut se lever. Sinon, le soleil devenu ton pire ennemi te piège. Il va te prendre dans sa toile d'araignée. Et te brûler. Dès 6 heures du matin, on est tenus de se lever. Alors on grogne sur les cousines gênées. On râle à cause des piqûres de moustiques qui aiment notre sang sucré.

Et puis on s'en va rejoindre la famille déjà installée, après une toilette rudimentaire, dans un coin du jardin asséché. Les mouches volent près de nos corps. On prend le petit déjeuner local. C'est pas Byzance. Y a pas de chocolat, pas de *Nutella*. Mais ils sont tout heureux de nous offrir du café et du pain noir qu'ils ont fait eux-mêmes. Avec Louisa, on a planqué des paquets de boudoirs et de petits-beurre dans la voiture, on s'en va en cachette les grignoter... Ma mère nous dit qu'on est « sa honte », et qu'on est égoïstes comme chez les Français. On laisse couler en s'essuyant la bouche pour pas se faire repérer.

Ici, le temps stagne. Le soleil devient fou ici. Il nous brûle et nous punit de nos bêtises. C'est l'enfer... Le sahara. C'est dur. C'est beau.

Le matin, tout le monde s'active. Je n'ai pas envie de rester là à attendre la fin des vacances, alors je me lève et m'en vais dans le village me promener. Je passe devant la maison du grand-oncle et je toque avant d'ouvrir la porte.

– *Salam Aleykoum.*

Tout le monde me sourit. Tous semblent vraiment heureux de me voir. C'est un honneur pour eux de me recevoir. Le petit Hsan court chercher la bouilloire et de la menthe pour que sa mère me prépare du thé. Mais je leur dis de ne rien faire, je veux juste voir les filles. Elles sont dans la pièce qui fait office de cuisine. Ici, pas de chaise, pas de table. On travaille à même le sol dans des positions inconfortables pour mon corps raide, inhabitué. Les enfants et les vieilles sont capables de toucher leurs orteils sans plier les genoux, et de poser la tête sur leurs cuisses.

Les filles et belles-filles ont une organisation tayloriste. À la chaîne. Elles ont des besognes à effectuer à tour de rôle. Ce matin, Mariem fait le couscous. Tout le monde est autour d'elle. Les grandes, les petits. Elles me voient arriver, ravies de ma présence à leurs côtés. Je suis une princesse du désert. *Assieds-toi là,* habiba, *tiens, voilà de l'eau dans un verre pour toi.* Tout ce que je demande, je l'ai. Elles voudraient me prêter des vêtements pendant qu'elles laveraient de leurs mains de gazelle ma robe recouverte de terre !

Mariem est jolie. Assise à même le sol, elle sépare les grains de couscous dans un grand plat de terre cuite en fredonnant des airs qui célèbrent la terre. Je la regarde. J'ai envie de les aider, d'apprendre. J'en ai marre d'être toujours la tête dans les bouquins, de savoir rédiger des dissert' comme je respire mais d'être incapable de faire quoi que ce soit de mes mains. Elles se prêtent au jeu et me tendent de l'eau pour que je me lave en premier.

Je prends place tant bien que mal, comme elle, assise sur mes pieds. Je ne tiens pas longtemps. On m'amène des coussins pour que je m'assoie à même le sol. Elles me montrent comment faire. Plonger les deux mains dans le plat, saisir des grains d'ivoire en formant un creux, refermer les mains et les frotter pour que les grains se décollent. J'acquiesce, et solennellement m'applique. Je laisse s'enfoncer mes doigts d'un coup d'un seul au fond du plat initiatique. Simultanément, un glaçon fuse dans mon dos et un cri aigu s'expulse de mon ventre avec une force inouïe : « Aaaahh ! »

Les filles affolées m'entourent, qu'est-ce qu'il se passe ? Un scorpion s'était-il dissimulé ? Une vipère m'a-t-elle mordue ? Je leur montre mes mains empourprées, rougies et brûlées : les grains de couscous embrasés ont incendié ma peau. Les filles du pays comprennent l'incident et rient de plus belle. L'une d'elles verse de l'eau fraîche sur mes mains, les autres me charrient. J'ai des mains de « *Danone* » comme elles disent, des mains de bébé qui n'ont jamais travaillé… Elles ont raison. Je ne sais absolument rien faire de mes mains de *Danone*. Même recalée à un entretien d'embauche pour faire du ménage. La honte. On ne m'a rien appris. Je passe toutes mes putains de journées à l'école. Alors à part attendre que ça se passe, rêver pour ne pas crever, que sais-je faire d'autre ?

29

Ici, les journées sont longues, extrêmement longues. J'aime surtout les fins d'après-midi et les matinées car très vite, le soleil nous assomme. Je n'ai plus de forces tant il fait chaud. Même pas le courage de manger. De me lever, chercher de l'eau au puits du village d'à côté. J'ai dû perdre des kilos. Ici, il n'y a pas de frigo, rien à grignoter. Je lis et relis toute la journée. Puisque je ne sais rien faire d'autre.
L'après-midi, c'est l'heure de la sieste. Tout le monde dort. C'est long. Je n'ai plus rien à lire et je m'ennuie. Mon père est allongé, il a les yeux grands ouverts. Il me regarde. *Viens, ma fille*. Je vais près de lui, en bonne petite.

– Tu te souviens, avant. C'était le paradis. Il y avait des vaches, les enfants buvaient du lait. On avait du beurre. Des tomates rouges. Des grenades à chaque pas.

– J'étais petite, *Ba*, j'm'en souviens plus.

Au fond, je me dis qu'il délire. Ça pouvait pas être le paradis ici. Y a vraiment rien.

– Eh bien, maintenant il y a beaucoup de sécheresse et pas d'eau.

Il a mal en le disant. Il m'explique qu'il est triste parce que ses amis sont partis. Les campagnes se vident de leurs hommes. Ils ont quitté leur village, leurs femmes, leurs enfants. Ils partent en ville chercher du travail dans les usines, sur les chantiers. Et ils vivent comme des chiens dans des bidonvilles. Loin de tout. Ils passent le mois de ramadan seuls. Mon père est triste, il a mal au temps qui passe et à la dureté de la vie.

– Ma fille, il faut que tu réussisses, que tu travailles bien à l'école pour réussir ta vie.

Oh non, il va pas commencer lui aussi... comme les autres. Qu'est-ce que tu crois que je fais, toi aussi, tu crois que je m'amuse ?

– *Inchallah, Ba,* j'y arriverai.

– Très bien...

Il s'arrête un instant, puis m'interroge :

– Pourquoi tu as été cherché du travail ? Ta mère m'a dit que tu voulais faire du ménage ? Tu as perdu la tête ?

Quelle balance, ma mère. J'y crois pas.

– J'avais besoin d'un peu d'argent, pour la fac...

Mon père se relève un peu. Il a les sourcils froncés. Il va élever la voix cette fois. Je le sais.

– Tu fais tes études, t'as compris. Ton père il est vivant, il te donne tout ce que tu veux. Je suis là pour toi. Tu vas pas faire du ménage !

Il s'est emporté sur cette phrase. Je ne m'attendais pas

à ça. Mon père est là et ne me donne pas le choix. Vraiment pas. Faut que j'y arrive. Quitte à braquer des banques. Quitte à aller en prison. Faut que je réussisse.

– Tu sais ma fille, les études, nous on n'en a pas fait. Va apprendre, ma fille. Tout ce que tu peux, apprends. Mais pas trop. Car après…

Après quoi ?

– Après, plus tard, tu reviendras avec ton mari, *inchallah*, tu lui montreras d'où tu viens, d'où ton père est venu pour qu'il comprenne ce que tu es. Ma fille. Ton nom de famille te le rappellera toujours.

– *Inchallah*.

Et je pose un baiser sur le front de mon père, ainsi rassuré. Et je me dis que c'est trop compliqué, ces histoires. Et je zappe. Pour ne pas imploser. Pour survivre. Je zappe.

Le soir venu. Le village s'éveille. Les brochettes de mouton fument et le thé à la menthe se déverse à flots. Les bébés s'endorment sur les dos des mamans qui les tiennent collés à elles dans de longs châles noirs. Elles sont belles. Mères, enfants, femmes. Le savoir-vivre. Le sens accepté des choses écrites. Je reviendrai les voir. Mon âme est en paix auprès d'elles. Je reviendrai toujours vous voir. Toujours. Identiques à elles-mêmes. Les femmes du désert, désertées par leurs maris, désertées par leurs rêves. Je viendrai apprendre leurs rituels, moi qui ne sais rien faire. Puiser, protéger, boire un peu mais pas trop d'une eau rare et précieuse.

Séparer un à un le grain de blé qui se fera galette de pain cuite dans le feu des branches de palmier. Le soleil horrible, le soleil cuisant, l'enfer même, dans les dunes du sahara. Le sable brûle la peau fragile occidentale. Ici, je ne suis qu'une Française aux mains et aux pieds de verre. Mais je reviendrai avec les filles que j'aurai enfantées. Je vois en elles ce que j'aurais dû être si... si papa ne nous avait construit un aussi grand et aussi fabuleux destin que celui d'Amélie Poulain, à 3 000 kilomètres du désert de sable !

30

Je ne suis plus sage. Le dentiste m'a retiré de la bouche ces trésors d'émail qui logeaient dans ma mâchoire encore endolorie. Je deviens une femme. C'est ce qu'il me dit pour me faire sourire. J'ai eu envie de lui donner un coup de tête, à ce nouveau chirurgien du cabinet de la Grand-Place. J'ai pris une douche en rentrant. Chaude puis très froide.
 Le contact de l'eau sur la peau est plus que matériel : atomique. Je suis apaisée. Mes larmes et ma douleur ont été lavées au savon noir. Voilà quelques semaines que nous avons retrouvé notre tour de merveille. De là, je peux à nouveau bâtir de toutes pièces mes rêves.

Mais aujourd'hui est un jour important. Mon père a retrouvé ses autoroutes. Ma sœur, l'ordinateur de son cœur. Nous revoilà ensemble, chacun de son côté. Et là, je quitte ma mère.
 Oui, aujourd'hui est un grand jour. Ma mère ne peut pas

s'empêcher de m'aider à fermer la sangle de ma valise. Son monde s'effondre, pourquoi dois-je partir ?

— Il le faut *imma*, je vais à l'école, c'est obligé *imma*. Je reviens vendredi *inchallah*. Prépare-moi un bon couscous.

Malika est inconsolable. Elle a appelé sa copine de Dunkerque pour ne pas se retrouver seule ce soir. Elle dit qu'elle aurait dû mettre au monde un fils, parce qu'un fils ça reste toujours près de sa mère. Des sornettes, mais je ne peux rien lui dire. Je l'embrasse encore et lui tends une carte téléphonique.

— Appelle-moi ce soir, *imma*. Louisa te composera le numéro.

— *Inchallah*, ma fille. Va. Suis le chemin de Dieu. *Inchallah*, ma fille.

Ma sœur accourt et m'embrasse. «T'es une grande, maintenant». Elle promet de venir me voir. Elle a des copines là-bas, et des plans. Quand tu veux, p'tite sœur. Voilà. Je suis dehors. J'étouffais à l'intérieur. Me voici avec ma valise. Mon sac à dos. Mes livres. J'ai pris soin de glisser parmi eux un manuel de cuisine du pays. Je sais qui je suis.

Mes bagages sont lourds ; expiration. Une vie nouvelle entre en moi ; inspiration. C'est ma vie, ma propre vie rêvée. Ma réalité. Mes mains. Mon corps. Mon enchantement, mes désillusions qui m'attendent dans la grande ville.

J'arrive à l'arrêt de bus et pose mes affaires à même le sol. Un sentiment étrange s'empare de mon esprit... C'est comme une nouvelle naissance. C'est symbolique, ouais, c'est ridicule. L'automne approche. Les arbres portent encore leurs colliers de feuilles. Le vent est doux, calme. C'est un au revoir plein de joie qu'on se dit...

– Tu déménages ?

Je me retourne. Il est là, ce con. Il porte ces mêmes basquettes déchirées. Il est toujours aussi grand. Aussi mince. Rien chez lui n'a changé. Identique à lui-même. Thomas.

– En quelque sorte, oui... Je vais à la fac...

On reste là. On ne se dit rien. Je me dis que j'espère que le bus va vite se pointer.

– Au fait...

Je le regarde. Il a l'air un peu bizarre. Hésitant.

– Oui...

– Je suis venu l'autre fois, à la fête.

De quoi il me parle. Quelle fête.

– Tu sais, avant les vacances, dans le parc...

– Ah bon ?

– On m'a dit que t'étais déjà partie.

Pourquoi il me dit ça maintenant, lui ?...

– C'est pas très grave... je dis.

Il me laisse à peine le temps de finir ma phrase :

– Nos chemins se séparent, alors.

Je souris. C'est une scène absurde. Je pense. Et à ce moment, le bus arrive...

– Tu veux pas prendre le prochain ?

Sa proposition me trouble. Oui. Je pourrais tout plaquer. Et rester là. Avec lui ? Mais je vais rater mon rendez-vous d'entrée... Et ma vie alors ? Ça tombe sous le sens. Il faut que je parte. Que je bouge d'ici. Depuis le temps que j'en rêve. On dirait que la cité me tend un piège, encore. Pour me retenir dans ses tours captatives. Les autres passagers sont montés. Je suis la dernière. Il faut que j'y aille.

– Non, je peux pas. Je dois vraiment y aller…

– Bon, ben…

Avant que j'aie le temps de réagir, il passe son bras dans mon dos et me serre, fort. Il me fait presque mal. Il est fou ! Oui. Et il vient déposer juste là, près de mes lèvres, un baiser d'adieu. Il me relâche…

– Tu rentres, le week-end prochain ?

– Oui.

Je suis nulle. Je dis juste « oui », comme ça. Je monte je ne sais où. Dans la soute à bagages. Sur le capot. Peut-être même sur les genoux du conducteur. Je ne sais pas où je suis.

Le bus roule pendant vingt minutes. Puis je prends un train qui m'emmène à l'arrêt « Université ». Je descends et me dirige vers les bâtiments immenses.

– Bonjour, c'est pour une entrée s'il vous plaît.

– Votre nom.

– Salima Aït Bensalem.

– Vous dites ?

– A. I.T.B.E.N.S.A.L.E.M…

– Un instant, je recherche…

Son visage est perplexe, elle cherche, elle ne trouve pas ? M'a-t-on gommée de la liste ? Elle pousse un soupir de satisfaction.

— Ah, voilà : Aï. Aïte Ben... Bensalem ?
— Exactement.
Nos regards se croisent. Une demi-seconde. Elle reprend :
— Vous êtes à la chambre 133. Allons-y.
Elle attrape des clefs, un dossier, et nous voici à marcher, l'une derrière l'autre. Je la suis dans des couloirs sombres. Étroits. Des chambres universitaires disposées côte à côte. Des milliers d'étudiants. Mais heureusement, j'aurai une cachette. Une cachette bien à moi où bâtir en secret mes rêves.
Le bâtiment est immense. Et assez froid. On dirait un hôpital. Je sens que l'appartement familial va me manquer. L'odeur du tagine aussi. Je la suis quand même. Car il faut bien que je la sente, que je la saisisse enfin, de tout mon être, de toute mon âme, cette imprenable vie rêvée.

DANS LA MÊME COLLECTION

KARIM MADANI
Hip-Hop Connexion

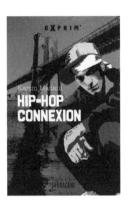

« Wiz adorait surtout le bruit des sirènes de police qui trouaient les murs, traversaient les cages d'escalier puantes d'urine. Les gyrophares qui balafraient les nuits d'été du complexe HLM.
Pour lui, New York était un énorme morceau de hip-hop. »

Un océan les sépare, le hip-hop les réunit : Hakim rêve de quitter sa cité parisienne pour devenir producteur, tandis que Wiz, un dealer de Brooklyn, espère passer du crack game *au* rap game. *La musique pourrait être leur planche de salut... ils joueront le tout pour le tout, à quitte ou double.*

9,00 euros. ISBN : 978-2-84865-190-3

www.exprim-forum.com
ÉCOUTEZ ET VISIONNEZ DES EXTRAITS LUS, MIS EN MUSIQUE,
SLAMÉS PAR LES AUTEURS

DANS LA MÊME COLLECTION

MÉLANIE CUVELIER
Les mots, ça m'est égal

« Je traîne savate à l'étage des chambres. Les peignoirs que je croise ont l'air hagard, ou peut-être est-ce moi. Et ça dure, chaque jour est passé sans moi, je suis lancée emballée dans un train à grande vitesse. J'ai perdu ce fil ténu, le fil des jours. »

Jeanne, dix-huit ans, erre mutique dans l'hôpital psychiatrique où l'homme et la femme « d'où elle est née » l'ont fait enfermer. Pas le choix: dans certaines familles, on ne parle pas – on coupe court aux problèmes. Violemment. Le cœur taillé par les mots qui blessent, Jeanne creuse le souvenir du jour qui l'a vue « naître folle »…

7,50 euros. ISBN : 978-2-84865-189-7

www.exprim-forum.com
ÉCOUTEZ ET VISIONNEZ DES EXTRAITS LUS, MIS EN MUSIQUE, SLAMÉS PAR LES AUTEURS

DANS LA MÊME COLLECTION

MARTINE POUCHAIN
Chevalier B.

« Mais voilà que ça craquette dans la forêt, voilà que ça halète et que ça gémit, voilà que des petits soupirs de bêtes nocturnes se faufilent jusqu'à lui.
(…) Il fait demi-tour, silencieux dans la nuit et regagne sa ferme, sa chambre, son lit. Pas pour longtemps. Demain, il change de vie ! »

Barnabé rêve. Il rêve qu'il n'est plus un garçon trop gros, amoureux de la jolie Rosa, mais un redresseur de torts. Et à force de rêver, il ose. Le voilà devenu « Chevalier B. », prêt à tous les exploits pour séduire sa dulcinée. Peu importe qu'on le croie toqué : il aime comme seuls aiment les chevaliers. Infiniment.
9,00 euros. ISBN : 978-2-84865-165-1

www.exprim-forum.com
ÉCOUTEZ ET VISIONNEZ DES EXTRAITS LUS, MIS EN MUSIQUE, SLAMÉS PAR LES AUTEURS

DANS LA MÊME COLLECTION

ALEXIS BROCAS
Je sais que je ne suis pas seul

« Je regarde le ciel, le désert puis de nouveau le ciel, et n'y vois personne. Ce monde est un jeu de massacre où les gens se fracassent les uns contre les autres comme des poupées de verre. »

Horizon bouché : Romain, dix-sept ans, a l'impression de vivre en cage. Il choisit de s'évader en inventant des rêveries horrifiques : histoires de femme-baleine, de démon du bitume, de rock star infernale… sa vie imaginaire est aussi riche que son existence est terne. Non, Romain n'est pas seul : ses cauchemars l'accompagnent.

8,50 euros. ISBN : 978-84865-157-6

www.exprim-forum.com
ÉCOUTEZ ET VISIONNEZ DES EXTRAITS LUS, MIS EN MUSIQUE,
SLAMÉS PAR LES AUTEURS

DANS LA MÊME COLLECTION

JULIA KINO
Adieu la chair

« Les jours cliquetaient comme des dominos, jour-nuit-jour-nuit-jour-nuit-jour-nuit, le crépuscule et l'aube, l'aube ! À force j'avais l'impression d'être enfermée dans un ciné porno, à revoir toujours le même film. De savoir par cœur le moment où la fille se mettrait à gémir. J'arrêtais pas de gémir. »

Ils sont six, âgés de seize à dix-neuf ans, nouveaux rebelles sans cause unis par un sentiment de vide qui les étouffe. Quand l'un d'eux tue pour la première fois, le carnaval commence : les six « cow-boys » se lancent dans une série de meurtres gratuits. Mais cette orgie sanglante va peu à peu les consumer.

9,00 euros. ISBN 13 : 978-2-84865-158-3

www.exprim-forum.com
ÉCOUTEZ ET VISIONNEZ DES EXTRAITS LUS, MIS EN MUSIQUE,
SLAMÉS PAR LES AUTEURS

DANS LA MÊME COLLECTION

SÉBASTIEN JOANNIEZ
Treizième avenir

ANNE MULPAS
La fille du papillon

INSA SANÉ
Sarcelles-Dakar

7,50 euros
ISBN : 978-2-84865-139-2

9,00 euros
ISBN : 978-2-84865-140-8

9,00 euros
ISBN : 978-2-84865-143-9

À propos de
la collection EXPRIM' :

« L'une des meilleures nouvelles
éditoriales de ces derniers mois…
… un nouveau souffle. »

MADELEINE ROTH,
librairie *L'eau vive*, Avignon, mai 2007

www.exprim-forum.com
ÉCOUTEZ ET VISIONNEZ DES EXTRAITS LUS, MIS EN MUSIQUE,
SLAMÉS PAR LES AUTEURS